U0839266

快乐读书吧
系列丛书

非洲
民间故事

肖维玲 主编

山东大学出版社
SHANDONG UNIVERSITY PRESS
·济南·

图书在版编目（CIP）数据

非洲民间故事 / 肖维玲主编 . -- 济南 : 山东大学出版社, 2025. 6. --（快乐读书吧系列丛书 / 肖维玲主编）. -- ISBN 978-7-5607-8850-0

Ⅰ . I407.3

中国国家版本馆 CIP 数据核字第 2025YF2412 号

责任编辑　孙艳凤
文案编辑　蒋瑞瑛
封面设计　李文静

非洲民间故事
FEIZHOU MINJIAN GUSHI

出版发行　山东大学出版社
社　　址　山东省济南市山大南路 20 号
邮政编码　250100
发行热线　(0531)88363008
经　　销　新华书店
印　　刷　天津联城印刷有限公司
规　　格　710 毫米 ×1000 毫米　1/16
　　　　　9.25 印张　185 千字
版　　次　2025 年 6 月第 1 版
印　　次　2025 年 6 月第 1 次印刷
定　　价　35.00 元

《非洲民间故事》导读

只要有人生活的地方，就有故事流传。在遥远而神秘的非洲大陆上，也流传着许多生动活泼的非洲民间故事。非洲民间故事是非洲民众集体智慧的结晶，是口耳相传的表达艺术，是非洲文化的重要组成部分。

《非洲民间故事》的起源及发展

不同于以文字书写流传的文学作品，早期的民间故事是一种口头创作，通过一代代人的讲述、聆听、再讲述传承下来，是一种口耳相传的艺术。《非洲民间故事》也不例外，它是非洲民众的口头创作，然后被广大非洲民众讲述并传承下来。

从小到大，你应该听过不少故事了吧，有没有发现：同一个故事往往有不同的讲法？讲述的人、时间、地点发生了变化，故事也往往会随之而变。民间故事

也是这样，在一次次的讲述中不断变化、生生不息。或许故事的一字一句最开始是从某个人的脑海里冒出来的，但在那之后，故事在不断的讲述中发展，那些满足民众朴素愿景的部分被保留下来，无关多余的部分则被删减，最终成为我们今天所看到的样子。

后来随着书写时代的到来，越来越多的非洲口头民间故事被民俗学家们收集、整理、记录，成为文字定本保存下来。但是，那些过去的许多不同故事版本也像标本一样被同时记录下来。非洲大地上，还有一些地方保留着酋长制度，围绕着酋长们形成了不同的部落。这些部落之间不是完全水火不容，也有着交流与联系。这一点也在非洲民间故事中有着体现，即在不同的部落中也可能出现相似的故事。例如，本书中《误传的神谕》是一则来源于阿肯人的民间故事，但是在霍屯督部落中也有一则基本结构类似，但主人公却变成了月亮、昆虫与野兔。故事版本的这些变化为非洲民间故事增添了变化莫测的神秘魅力。

今天我们阅读的这本《非洲民间故事》选取了非洲各民族、部落中流行的民间故事，在保留故事完整性的前提下，对故事的情节和表述进行了符合儿童身心发展与阅读能力的调整，增添细节描述，删减暴力内容，更好地帮助儿童阅读，领略非洲民间风情。

《非洲民间故事》讲了什么

俗话说，一方水土养一方人。一方水土也会孕育出一方独特的文化文明。《非洲民间故事》也充满了浓郁的非洲地域色彩，其中的故事内容与非洲当地的自然物候、政治经济、社会文化息息相关，是非洲文化的一个切片。

这些故事不仅有精彩的情节，还涉及宇宙天文、宗教信仰、动物植物、风俗习惯、衣食住行等方方面面，塑造出一个个独特的形象，而且表达了鲜明的主题，如对公平正义的追求、对国家与土地的热爱、对勇气与智慧的歌颂……

本书按照内容主题将精选的非洲民间故事划分成两部分——有灵的万物世界、万象的人类社会。

在“有灵的万物世界”中，我们将迈进神秘的非洲丛林，体味非洲人民对世界及其起源的解释，感受非洲人民眼中富有灵性的动物形象，学习它们展现出的生活道理。

在“万象的人类社会”中，我们靠近非洲人民的生活现场，跟随故事主人公们一起面对生活中的困难和挑战，感受非洲人民生活中真实的喜与悲、笑与泪。

《非洲民间故事》的艺术风格

1 采用循环和重复的方式增强记忆力和表现力

循环和重复是民间文学的常用手法。中国的《诗经》中就有了“重章迭唱”的表现手法，在遥远的非洲，重复的方式，一方面增强口头表达的美感和节奏感并帮助听众记忆，另一方面呈现内容结构上的递进变化，推动故事向高潮发展。

重复的情节或事件在非洲民间故事中大量出现，例如，《丝绒垫上的猫和灶灰堆里的狗》中，年轻人向母亲要钱出门做生意，但最后买回一只小动物的情节在故事开头出现了三次。《非洲民间故事》中不仅有情节上的重复，还使用重复的句式和语言。例如，《煮熟的珍珠鸡飞了》中，珍珠鸡反复对小女孩、小男孩和男人说同样的话。

2 语言通畅浅显，富有音乐性

非洲民间故事多以口耳相传的方式保留，表演性强，用词平易通俗，注重语言的韵律和节奏，并常常伴随着歌舞。歌唱是非洲民间故事重要而特别的组成元素，如《兔子大师与浆果》中，兔子每次耍无赖想要从别人手中得到什么东西时，就会放声歌唱。

3 富于想象和象征，充满生活的智慧

非洲民间故事往往融合了当地的神话与传说，并构建了许多奇妙的元素。比如，《太阳和月亮为什么住在天上》中，埃菲克人、伊比比奥人将太阳、月亮和水拟人化，幻想他们之间的交往，为自然天象赋予了合理想象。

故事中的奇幻元素不仅是创造力的体现，还常常寄寓着深刻的意义。如《死神欧乌奥的森林》中，死亡就存在于死神欧乌奥的眼睛里，而眼睛不能停歇地一睁一闭，象征着死亡无时无刻不在降临。这不仅充满着幻想色彩，而且极富隽永的诗意。这种想象脱胎于实际的自然生理现象，联系巧妙，体现出人们对生活的细致体察与精妙的智慧。

为什么要阅读《非洲民间故事》

① 娱乐价值

爱听故事是人的天性。具有异域色彩的非洲民间故事可以成为儿童的精神营养品，满足儿童的好奇心和求知欲，其中带有童话幻想色彩的部分更让儿童感到新奇、有趣。

② 教育价值

非洲民间故事蕴含了非洲民众的价值观、道德观。例如，在《丰收的代价》中，老实人选择与妻儿一起前往土地丰饶但社会风气不正义的国家生活，最后因为法官断案随心所欲而失去幸福生活的可能。诸如此类的故事充分赞美了正义、勇敢等优秀品质与价值观，对儿童成长有着教育功能。

③ 文化价值

非洲民间故事是非洲风俗民俗的重要组成元素，是非洲民众生活和思想的反映，我们可以从故事中了解非洲的生活和文化，感受日常生活之外神秘非洲大陆的风情。

如何阅读《非洲民间故事》

1 初读全文，掌握人物特征和关键情节

单个故事篇幅短小，同学们可以通过主要人物和关键情节，把握整个故事，制作人物卡片和绘制情节图来加深印象。

2 细读故事，品味艺术表达和主题意蕴

逐句阅读，关注语言细节，注意词汇选择、句式结构和修辞描写，体会非洲民间故事独特的语言魅力。再通过人物、情节和细节识别主题，解读故事的深刻内涵。

3 讲述故事，感受故事的表现力

用自己的语言讲述故事，在保持故事情节完整性的前提下，为故事增添更多细节描述。同时，搭配上眼神、表情、姿势，向同学和家长展示一个完整的故事表演吧。

4 整本书阅读，总结非洲民间故事特点

非洲民间故事是许多故事汇集而成的整体，各个故事之间既相互独立，又相互关联。阅读时不仅要了解单个故事的内容，还要整体把握多个故事的相似特征，总结归纳经常出现的人物形象、语言表达方式和价值观念。

5 对比阅读，欣赏不同地区民间故事的色彩

在“快乐读书吧”丛书中，可以横向对比中国、欧洲、非洲民间故事，也可以比较神话传说、民间故事与童话寓言等不同体裁的文学作品的不同特点。这些故事在自然环境、人物特征、情节发展、价值导向等多方面都有异同，在对比阅读中，我们可以领悟各民族民间故事的独特魅力。

目录

有灵的万物世界

万象的人类社会

有灵的万物世界

阅读非洲民间故事，就像是踏上了一段穿越时空的心灵之旅。在这些故事中，你会闯进死神的森林，和酋长一起创造人类，见证兔子祖罗从天上带来光明；你瞧，还有聪明的乌龟巧妙地逃生，老豹子侦探小豹子死亡之谜，猫师傅给狗徒弟设下出师前的最后考验……

在这片神秘的大地上，每一个生命体都是独一无二的，它们各自拥有着独特的灵性，它们忠诚、它们机智、它们固执、它们狡猾……让我们走进这片丛林，一同领会自然万物身上的独特魅力吧！

太阳和月亮为什么住在天上

在许多年前，太阳、月亮和水是好朋友，它们都住在辽阔的非洲大地上。太阳和月亮比邻而居，水则静静流淌在遥远的另一端。太阳和月亮交替着点亮天空，它们在路上相遇时，总要停下来交接当天的工作，也分享当天发生的趣事。

> **点拨**
>
> 开篇即是浪漫有趣的想象，与其他地区的故事风格迥异。非洲是动植物的天堂，这里对自然的关注要远胜其他地区，这一点体现在整本书中。

有一天，太阳照旧在下班路上遇到了来上班的月亮，它忽然想到，旱季将至，那时就不容易再同水见面了。于是它对月亮提议道：“马上就要

到旱季了，我们还是抓紧时间和水再聚一聚吧，不然可要好长时间见不了面了。”

月亮欣然同意：“每次总是我们各自去拜访水，这次不如邀请水来我们家里做客吧。”

太阳满口答应：“择日不如撞日，我现在就去邀请水。”

太阳立刻赶去水家，不料水听完却没有立刻答应，而是沉吟片刻，回答道：“亲爱的朋友，收到你们的邀请我很高兴。但我不能马上答应你，我担心你们的房子太小了，恐怕我会把你们都挤

出门外。”

太阳以为水是在委婉地拒绝自己，本来高昂的心情顿时有些失落了。但它实在期待着能和水相聚，就鼓起勇气又发出了一次邀请，并承诺说，自己一定会和月亮一起扩建房子。

水敏锐地察觉到太阳低落的情绪，听到它的承诺，就随之改口道：“好吧，我的朋友。但你们记得要建一座非常大的房子，因为我实在是太占地方了。”

太阳听完赶忙和水约定，等大房子建好了就立刻来邀请它。

太阳第二天笑容满面地去上班，一见到月亮就竹筒倒豆子似的把水的话复述给月亮听。月亮听完也非常激动，迫不及待地准备开工：“咱们两个轮流干，一定能建起一座足够款待水的大房子！”

于是，太阳和月亮夜以继日地忙碌，终于建成了一座相当大的房子。不仅房子里宽敞明亮，房子外还有一个巨大的庭院，足够它们尽情游乐。太阳迫不及待地邀请水次日来家里做客，月亮也特意请云朵代班，好和太阳一起招待它们共同的朋友。

天刚蒙蒙亮，太阳就忍不住频频向门口张望，终于，它见到水的身影从地平线那端突然出现，飞奔而来。

“叮咚——”水停在院子门口，按响了门铃，“亲爱的太阳、月亮，早上好！请问我可以进来吗？”

太阳迫不及待地朗声回答说：“早上好，我亲爱的朋友！我们家宽敞得很，请放心进来吧。”

水慢慢地流进房间，环绕在太阳和月亮的周围，一见面就给了它俩一个结结实实的拥抱。清澈的溪水缓缓流动着，时不时吹来的风在水面掀起阵阵涟漪（lián yī），在明亮的阳光下荡开粼粼波光。宁静的水下，飘动的水草随着水波缓缓地荡漾，鱼儿的尾鳍（qí）在水流中轻柔摆动。太阳、月亮和水在宽敞的大房间里亲亲密密地说着话，沉浸在相聚的喜悦中，整个房间都充满了它们的欢声笑语。

水接连不断地涌进房间，水位逐渐上升。太阳和月亮想去隔壁房间端来为水准备的点心，但在没膝的积水中只能艰难跋涉。水见太阳和月亮狼狈地在不同房间中穿梭张罗，有些不好意思起来，担心地问：“我亲爱的太阳、月亮，你们家的空间还够大吗？我还有很大一部分在外面呢。”

听到这话，月亮把头探出窗外——地平线的那端，水源源不断地涌来，浩浩荡荡。转眼间，水位继续上升，逐渐及腰深了。月亮有些担心，但它又不想在远道而来的朋友面前表现出一丝一毫的为难，只好悄悄问太阳：“咱们的房子真的够大吗？”

太阳拍着胸脯保证道：“放心吧，没有比咱们家更大的房子了！”

月亮转头一想，确实任谁也建不出比这更大的房子了。它稍稍放下心来，大声回答水说：“请

点拨

结合上下文，你能发现太阳和月亮不同的性格特征吗？试着总结一下，想想作者这样的安排有何妙处呢？

放心进来吧，我们家还大得很呢。”

水好不容易能来别人家做客，自然也兴奋得很。听到月亮的保证，它也没有多想，加快了速度。于是水流越来越大，原本清澈的水波裹挟(guǒ xié)着江河底部的黄泥黄沙灌进来了，梭子蟹、河虾也从不同的方向游进了太阳和月亮家中，在水流中活泼地动弹。紧接着，水母也卷进来了，海龟在浪里被冲得翻了身。水位也越升越高，几乎要淹过太阳和月亮的头。太阳努力散发的光芒在深水中显得疲弱了，水下越来越暗淡，这令一向乐天的太阳也感到了焦虑，但它仍然硬着头皮对水说：“没问题，我的朋友，请放心进来吧！”

水越流越快，越积越多，太阳和月亮被迫爬上了窗台、跃上了屋顶。它们坐在屋顶上远眺，看到水依然在浩浩荡荡地狂奔，带着席卷一切、吞噬(shì)万物的气势。它们终于感到不妙了，但是想到曾经夸下的海口，又无法开口请水就此打道

回府。

水越积越高，直到浪花打湿了太阳的裤脚。太阳终于忍不住了，它大声朝水喊道："水，我们家里实在容纳不下你啦，你能不能就这么待着别动？"

"不行呀，我的朋友们，我已经停不下来啦！"

漫天的波涛继续冲进太阳和月亮家，溢出了屋顶，仍然在一刻不停地上涨。太阳和月亮的工作还依赖着燃烧发出的火焰，可不能被水浇灭了！它们只好逃到了天上。从天上向地下望，水流四溢，甚至连一块落脚之处都找不到了。放眼这片大地，哪里还能找到合适的地方供它们重建一个家呢？最后，它们只好一直住在天上了。

误传的神谕

传说在很久很久以前，人是神的宠儿。神满怀慈爱地塑造了人类，心中满是怜惜。但神知道，神殿又高又寒冷，不适宜人们生活。于是，神划出一片水草丰茂、气候温暖的地方，安放他心爱的孩子们，这个地方就被称为“人间”。

自此，神界与人间殊途。神要是想同人们说点什么，就要靠信使转达。神身边有两位最得力的信使——变色龙和织巢鸟。变色龙腿脚慢，反应也迟钝，但它记性好，总能一字不差地复述神的旨意。织巢鸟虽然飞得快，又能言善辩，

但它忘性大，每次传话都添油加醋，谎话同真话交织难辨。

人们一直幸福地在人间安居乐业。几十年一晃而过，当初呱(gū)呱坠地的小婴儿长成了白发苍苍的老人，他们眼见着身体逐渐衰弱，开始害怕死亡。神察觉到人们为此闷闷不乐，他不希望自己的宠儿们有一丝一毫的不幸福，便做出决定："我不忍子民消逝而去，我要让死去之人能够复生。"

点拨

非洲的神明如此为人着想，而希腊神话里的神时常站在人的对立面，想一想不同文化中人与神之间的关系其实反映了什么呢？

虽然最初的人类开始衰老，但距离他们真正面对死亡还有很久，这段时间足够一丝不苟的变色龙慢慢地传达这个消息了。于是，神把这个任务委派给变色龙："变色龙，你去人间告诉大家，虽然人会死亡，但他们会在死后复生。"变色龙听完立刻答应道："好的，我这就出发。"

变色龙收拾好行囊上路了，它一路上跋山涉水、翻山越岭，不敢有丝毫懈怠，每天都在心中默念神的旨意，每次它准确地复述时，身上的鳞片总会闪过辉煌的金光。过了几天，织巢鸟发现好几天没在神殿见到变色龙了，推想它肯定又接到了任务，妒火顿时熊熊燃烧。它一挥翅膀也顺风前往人间，决心要使个绊子。

在一个艳阳高照的晴天，织巢鸟轻盈地降落在部落边的树上。繁茂的树荫遮蔽了织巢鸟的身影，它蹲坐在树杈上，低头看到变色龙坐在树下，正把人们都聚集在一起，准备传达神谕(yù)。变色龙太累了，它开口，却只能气喘吁吁地吐出不成句的话："我被告知，我被告知……"

织巢鸟意识到机会来了，它抢在变色龙之前也开口喊道："我被告知，当人死去，就会像芦苇的根一样消失。"织巢鸟的声音又清脆又响亮，传进每个人的耳朵中。人们本来就为死亡的事焦虑不安，一下子炸开了锅，你一言我一语地讨论起来——"什么？我们真的会死啊！""如果我死了，一切就都结束了！"恐慌和绝望在人群中蔓延，人们吵吵嚷嚷地交头接耳，把变色龙的话淹没了："我被告知的是，人虽然会死，但人会在死后复生。"

变色龙竭尽全力说出的最后一句话没有落入任何一只耳朵，它鳞片上闪烁的金光没能照亮任何一双忧郁的眼睛。从此，人们继续变老、死去，不再复生。

点拨

人会生老病死，不同的文明都有对于死亡的解释。死亡原本沉重，非洲的故事却充满幽默，这其实也表现了他们豁达的生死观。

死神欧乌奥的森林

很久以前，一场可怖的饥荒席卷大地。土地失去了生机，饥饿的人和动物将草根和树皮啃食一空。日子一天天过去，人们眼中的希望被忧愁替代，日渐变得暗淡无光。在这场饥荒中，大多数部落都无法养活众多人口，只好派遣年轻人外出闯荡，自寻生路。

于是，一个年轻人离开了自己成长的部落，开始四处游历，寻找食物。在探险中，他发现了一片从未听说过的丛林，这里植被茂密无边，动物自由自在，两只肥美的兔子毫无戒心地从他眼皮下蹦跳着跑开。年轻人饿得两眼发直，根本追不上敏捷的野兔，便决定深入林中寻找野果充饥。

不知在森林中徘徊了多久，他的四周弥漫起缥缈的迷雾，给森林蒙上了一层神秘的面纱。他似乎看到前方地上有个隐约的轮廓，心想着那兴许是猛兽的残羹(gēng)冷炙(zhì)，说不定能饱餐一顿。当他鼓起勇气缓缓靠近的时候，他吓得倒吸一口凉气——这哪是什么食物，分明是一个巨人！年轻人慌忙向后退，却踩到了一根枯枝。“咔嚓”的断裂声在这片宁静祥和的森林里显得如此刺耳，原本悠闲休憩(qì)的巨人也被惊醒了，猛地大喝道：“你是谁？你来这里做什么？”

年轻人虽然吓得浑身发抖，但他忙不迭地解释道，世界发生了饥荒，自己在寻找食物的时候误入此处，希望巨人能放过他。巨人点点头同意了，神色颇有几分倨（jù）傲。年轻人环顾四周，想到这片森林在饥荒中仍能保持勃勃生机，对方肯定是了不起的人物。他紧接着恳求巨人施舍自己一点食物，巨人虽然一口答应，但对年轻人提出了要求："我是死神欧乌奥，我当然可以给你一些食物。但作为代价，你要留下来侍奉我一段时间。"

思辨

如果是你，饥荒的折磨和死神的恐惧，你会如何选择呢？

年轻人一听，心中纠结，一方面他实在惧怕死神，另一方面又实在受够了饥饿的滋味。短暂地思考后，年轻人还是咬咬牙答应了。他已经很久没有吃过什么正经的食物了，更何况，能成为神的侍从，无论如何也算是一件荣耀的事。

年轻人从欧乌奥手中得到了一些肉，这真是他长这么大吃过的最好吃的肉。无论是简单用火烤熟、撒上盐巴，还是在锅中炖成烂糊的肉汤，都鲜美得让他几乎要连舌头也吞入腹中。

就这样，年轻人随侍在欧乌奥身旁，每天都能享用到无尽的美味，不必再为食物奔波。闲暇之余，年轻人越发思念起部落中的亲人，不知他们如今过得怎么样，能不能找到足够的食物。他踌躇（chóu chú）了几天，终于怀着忐忑的心情对欧乌奥开口请求，希望死神能给自己放个假，好让他回家探望亲人。

令人惊讶的是，欧乌奥竟爽快地同意了。不过他又提出一个条件，要求年轻人承诺归来时再带回一个男孩到这片森林。年轻人回到部落里，发现虽然吃穿用度比不上欧乌奥的森林，但大家已经挨（ái）过了最艰难的饥荒时期，至少能填饱肚子了。年轻人想，该如何完成死神交代的任务呢？于是他偷偷拉着兄弟躲到偏僻的角落，向他极言森林里食物之美味，并拿出他带回的肉和兄弟分享。兄弟一听也心动了，品尝完鲜美的肉更是陶醉得不能自已，禁不住诱惑，立刻同意前往死神的森林。

互动

诱惑总是既充满危险又要付出代价的，边读边猜测他们会付出怎样的代价，遇到什么样的陷阱。

时间一天天过去，年轻人从森林里带回来的食物吃完了。曾经沧海难为水，再吃部落里寡淡的食物，真是味同嚼（jiáo）蜡，难以下咽。勉强忍受了几天，年轻人终于坚持不下去了，他和兄弟一拍即合，决定回到森林。

巨人热情地欢迎了他们，问他们有什么需要。兄弟俩异口同声地说，他们都想要品尝那些美味的食物。但巨人却只吩咐年轻人道："你进屋吃吧，森林里的食物对你不限量供应，但你要继续做我的侍从，帮我办事。"

年轻人不假思索地答应，在屋里美美地饱餐一顿。等年轻人揉着肚子走出门时，却没见着自己的兄弟，"大人，请问我的兄弟在哪里？我想带他熟悉一下森林。"巨人平静地回答："我派那个小伙子去办事了。"年轻人并未起疑，继续忠诚地为欧乌奥办事，满足其一应要求。

几天之后，他的兄弟还是不见踪影。每次他忍不住问巨人，巨人都会回答说“我派那个小伙子去办事了”。最开始，年轻人想着或许是自己与兄弟正好擦肩而过。但时间一长，对兄弟的思念便胜过了对神的服从，他对当前的境况开始有些怀疑了。

巨人发现了他的心不在焉，对他说：“如果最近在这里住得不痛快的话，你可以回家。但是你要给我带回来一个女孩，我正好还缺一个新娘。”年轻人顺水推舟地就答应了，说自己离开部落太久，有些思念父母。

年轻人回到家，偷偷和家里最聪明的姐妹商量。姐妹同意了，决定再带一个女奴和他一起去寻找真相。见到两个女孩，巨人双眼放光，欣喜若狂，但对年轻人却变得冷淡多了，草草赏给他一些食物，就把他打发出去跑腿了。这次年轻人去了很远的地方送信，等他回来的时候又饥又渴，也没有多想，就推门进了餐厅。

但他一推门就敏锐地发现，墙上的装饰换了模样。墙面的藤蔓缠绕着某种莹白的枝条，当月光穿过窗棂(líng)时，那些枝丫在地上投出的剪影，竟与他记忆里姐妹编发的形态完全重合。他当下愣在原地，冷汗直冒——虽然用作装饰时打乱了顺序，但他立刻意识到，墙上挂的是他姐妹的骸(hái)骨。他顿时觉得天旋地转，心中充满恐惧和悔恨。

他不顾一切地夺门而出，拼命要逃离森林。在途中，他发现了部落里约定俗成的某种标记。沿着标记，他找到姐妹留下的字条，上面写着，欧乌奥的森林里种满了恰特草①，厨房的食物吃了会上瘾。

读到这里，年轻人如遭雷击，一颗心好似坠入冰窟——原来自己不知不觉染上了毒瘾，还因此害死了自己最亲爱的家人。但现在没有多余的时间供他伤春悲秋，他必须马上回到部落里如实禀(bǐng)告长老们。

部落立刻拉响了警报，所有人都进入待命状态。部落首领和长老们紧急商议后，决定去巨人的森林中放火烧山。他们带上大量干燥的引燃物，在年轻人的带领下前往萨卡拉着手布置，因为这是巨人发梢所在地。火势很快蔓延，烈焰舔吻上草木，熊熊大火快速地向内席卷，无情地吞噬着沿途的一切。

放完火，部落众人退回丛林边缘，紧张地观察进展。只见巨人很快开始冒汗，接着在地上打滚，试图压灭火苗，驱散身上的灼热。但火焰离森林的核心越来越近，巨人打滚时粗重的喘息声逐渐变成尖厉的咒骂声，然后连咒骂声也逐渐低弱了下去。一把大火烧干了一切，巨人在火海中化为灰烬。

村民们小心翼翼地靠近巨人的尸体，确认了巨人已经死亡。大家刚想唱歌跳舞庆祝一番，但想到那两个年轻的孩子，气氛又有些沉重下来。这时候，年轻人发现巨人的发根处有一些闪亮的粉末，还会跟随角度变换光泽。一位

---

①恰特草，又名阿拉伯茶，具有成瘾性，是非洲的原生毒性作物。

见多识广的老人认为这些粉末应当无害，既然大家好奇，就撒在房子里的那些骸骨上当作祭奠（jì diàn）。令人惊讶的事发生了，粉末刚碰到白骨，年轻人的兄弟和姐妹、女奴立刻死而复生了。

年轻人的手里还剩下一些粉末，他不知道该如何处理。他不敢在溪流中洗手，生怕污染了珍贵的水源。正当他束手无策的时候，一阵风吹来，将少量粉末吹到了巨人的一只眼睛上。顿时，这只眼睛“刷”地睁开，载歌载舞的人们立刻四处逃窜。

哎呀！死神欧乌奥的魔力全都凝结在这只眼睛里，正是这只眼睛里跑出了死亡。每次欧乌奥闭上眼，都会有人离世。但不幸的是，这只宣告死亡的眼睛就如同每一位生者的双眼一般，既不能永远地睁着，也不能永远地闭上，它永远在扑扇着眨眼，向世间宣告死亡永存。

点拨

人会不停地眨眼，世间也不停地有生命离去，二者被巧妙地联系在一起，成为死神的隐喻。

不可能的命令

很久很久以前的一个午后，耀眼的阳光洒在金碧辉煌的宫殿房顶。宫殿里，国王坐在高高的王座上，正召见史密斯部落的酋长瓦鲁卡加。国王大手一挥，一批铁矿石“哗啦啦”地倒在瓦鲁卡加的面前，国王指着这些铁矿石命令道：“我要你用这些铁，为我创造一个真正的人，一个活生生的、有血有肉的人。我要这个人能行动，能思考，能表达，能劳作。”

瓦鲁卡加的心陡然一沉，但他哪敢推脱国王的命令，只得答应下来。他闷闷不乐地带着一堆铁回到了家，在小山似的铁矿堆边发起了愁。一个人，真正的人，活生生的人，怎么可能用铁制造出来呢？这一堆沉默的、冷硬的铁，要如何才能变成柔软细腻、会说会笑的人类呢？这简直是不可能完成的任务。

> **思辨**
>
> 如果这个问题被放在21世纪，结合现在的人工智能的蓬勃发展，你认为这还是不可能完成的任务吗？

可怜的瓦鲁卡加就像热锅上的蚂蚁，急得团团转。他问家里人，家人们只能围坐在他身边一起发愁；他问朋友，朋友都一头雾水，唉声叹气，没人能给出任何有用的建议。国王的命令如同达摩克利斯之剑始终悬在他的头上，瓦鲁卡加急得一夜之间两鬓(bìn)斑白。

国王给定的时限眼看着就要到了，再这样干耗下去只能大祸临头了！瓦鲁卡加犹豫再三，咬咬牙决定去找城外的哲人朋友。哲人朋友虽然聪明绝顶、智慧无双，但他总是直言不讳，也因此得罪了国王和位高权重的大臣们，被众人嘲笑是疯子，还被放逐出城，任何人都不得接近。可是事到如今，瓦鲁卡加顾不得那么多了，他心急如焚、步履匆匆地赶到城外的茅草屋前。只见哲人朋友穿着一身粗布长袍，正悠闲地躺在屋前长椅上，闭着眼睛沐浴在阳光之下。

哲人朋友向瓦鲁卡加招招手，示意他一起躺下。瓦鲁卡加犹豫了，他不知道是否要用自己遇上的麻烦来叨(tāo)扰朋友可贵的平静生活。虽然他勉强装作一副轻松的样子，但紧锁的眉头还是泄露了他的不安。哲人朋友何等聪明，关切地问道："我的朋友，瞧你这心乱如麻的样子，是不是遇到什么困难了？"

瓦鲁卡加心里明白，哲人朋友最聪明不过，如果连他也没办法的话，自己就真的没有活路了。他叹了口气，一五一十地说明了国王的命令和自己的处境，末了，他小心翼翼地问："我亲爱的朋友，你说我该怎么办呢？"

没想到，哲人朋友听完爽朗地大笑起来："这有什么难的！既然国王下了不可能完成的命令，那么你就给国王提出不可能完成的要求。听着，你去对国王说，如果他真的想要造一个人，那就得命令所有人剃成光头，收集起所有掉落的头发，把它们烧成一千斤炭来炼铁，再搜集一百罐清晨的第一滴泪来锻造。记住，要和国王强调，一个真正的人是不能用普通的炭和水铸造的。”

瓦鲁卡加听完茅塞顿开。他急匆匆地进城，请求觐(jìn)见国王。他先恭恭敬敬地对国王行礼，然后说道：“尊敬的陛下，您命我用铁造人。经过这段时间的钻研，我已经初步摸清其中的门道。不过，这造人的过程极为特殊，还需要借助陛下您的权威。请您命令人民收集自然掉落的头发，用来烧成一千斤炭来作为炼铁的炭火；再用没有丝毫瑕疵的陶罐搜集人们清晨的第一滴泪来控制火势。尊敬的国王请您明鉴，普通的煤炭和清水非但对造人无用，还会让所有的努力功亏一篑(kuì)。”

国王答应了瓦鲁卡加。次日，国王的命令被快马加鞭地传到了全国各地：所有的臣民每天必须收集落发，送到指定的煤炭厂；每人每天都要在指定的地点将第一滴眼泪落进陶罐里。臣民们虽然怨声载道，

可王命难违。令国王万万没想到的是，搜集头发和眼泪的命令迟迟无法完成，精于数学的大臣估算认为，即使每人每天掉发一百根，二十万国民也要连续收集十年；而每个陶罐要积蓄十万滴泪才能填满。

国王终于意识到，瓦鲁卡加说的炼铁造人的必备条件，是根本不可能达成的事。于是他召来瓦鲁卡加，对他说："算了，不用费劲造人了，炭和眼泪根本收集不够。"

瓦鲁卡加顿时如释重负，他忍不住叩谢道："多谢陛下开恩！尊敬的陛下，收集足够的头发和眼泪难如登天，您给我下的命令也是一道不可能完成的命令啊！"

听到这，朝堂上的大臣也都笑了，纷纷说："瓦鲁卡加说的是正确的。"大臣们的笑声似乎宣告着，聪明与智慧战胜了不合理的威权。

对比阅读

民间故事来源于社会中的底层百姓，歌颂智慧、讽刺权威是各国民间故事的重要主题，你还能想到其他异曲同工的故事吗？可以去《中国民间故事》和《欧洲民间故事》里找找哦。

带来光明的兔子祖罗

很久很久以前，地球上既没有太阳也没有月亮，动物们都住在洞穴里。外面一片漆黑，他们只能在草原上艰难地摸索着行走。

兔子祖罗身形弱小，既没有强健有力的臂膀，也没有尖锐锋利的爪牙，碰到危险只能凭借自己的速度逃进安全洞穴。为了自保，祖罗只有在觅食的时刻才会离开自己的洞穴。但时间一长，他实在耐不住寂寞，决定要出门逛逛。

整本书阅读

兔子在非洲故事中经常出现，光在本书里就出现了三次，它们性格各异，仔细对比这三篇故事，看看你有什么发现。

他背上班卓琴，边走边弹。森林里的动物们听到这样悠扬的琴声，全都安静下来，有的安宁地躺在路边，有的悄悄地从灌木的缝隙中张望。在祖罗眼中，到处都是闪闪发亮的绿色眼睛，就好像是天上的星星散落在他身边。

不知走了多久，祖罗来到了一个遥远而陌生的地方。一张巨大的、无限延展的蜘蛛网从天上垂了下来，直直地拦在祖罗面前。他伸手碰了碰那蜘蛛网，摸到了许多黏糊

糊的黏液，粘在手上怎么也甩不掉。

兔子祖罗想着：这下可好！那不如就顺着它往上爬吧，看看天上是什么样！

他手脚并用地向上攀爬。神奇的是，蜘蛛网瞬间变得干爽好抓握。祖罗抬头仰望着深色的天空，顺着蜘蛛网越爬越高，直到辽阔的草地变成了脚下斑驳的深绿色块，白云环绕着他的膝盖，星星在触手可及的地方闪烁。他伸出手想抓几颗，却只觉得眼前闪过一道灿烂的金光。

再睁开眼睛时，他发现自己来到了一个美丽的国度。头顶悬挂着一个耀眼的金色光球，毫不吝啬(lìn sè)、一刻不停地播撒着光与热，照亮这片大地。在这份光明之下，草木葱茏茂密，花鸟争奇斗艳，一切都展现出了与地下的黑暗世界截然相反的生机与活力。

祖罗只觉得自己从前这么多年都好像是白活了。“我从来没有见过这些东西！”祖罗对自己说，“我一定要住在这里，我要去见见这片大地伟大的统治者！”

他沿着面前的路不停地往前走，毫不费力地就找到了那条通往宫殿的宽敞道路，登上华丽的长阶。同路的人说：“我们会带你去见国王，不过作为交换，你得为我们演奏你的班卓琴。”祖罗答应了，他们边弹边唱，快乐的歌声沿着回廊传进女神的耳中。

祖罗来到国王面前站定，向他致敬并说道：“您的领土如此美丽，请允许我住在这儿。”

国王笑着问：“你想住在我们国家，我们自然欢迎。但你是什么人，你能在我们国家做什么呢？”

祖罗十分自豪地举起手中的班卓琴，回答道：“我是兔子祖罗，我能弹奏美妙的音乐，我能演唱动听的歌曲。”说着，他便开始叮叮咚咚地自弹自唱：

我是兔子祖罗，
我讨厌黑暗。
我是兔子祖罗，
我喜欢光明国度的蝴蝶、小鸟和花骨朵儿
……

他将自己的所见所闻都编进了这首歌里，用充沛的感情向国王描述了一路上所见到的一切值得珍重的美丽事物。国王被祖罗深情的歌声打动，轻轻抹去眼角的泪水，对他说："毫无疑问，你是一位伟大的音乐家，是这片土地最好的赞颂者。我从不知晓我的领土是这样美丽，我的人民是这样幸福。我宣布，你除了能住在这里之外，还能同我们国家的青年自由交往，人们将视你如兄弟。"

身边的侍从觉得有些不妥，劝谏(jiàn)道："这只兔子毕竟来历不明，还是考察考察再说吧。"国王却毫不在意，挥挥手："像这样一只毛茸茸的小兔子能有什么危险呢？我看让他住在我的王宫里就很好。"

祖罗兴奋地在宫中到处走走停停，很快被执掌光明的侍女吸引了注意力。她从天上摘下太阳，放进一个空葫芦里，使太阳耀眼炙热的光芒不至于把王宫里华丽的景致融化。她一将那温柔和煦的金色光球收入囊中，祖罗的眼前就陷入一片漆黑。他慌忙询问道："姐姐，怎么这么黑呀？这下我可什么都看不见啦！"

侍女摸了摸祖罗的头，应声道："没事的，祖罗。我这就把月亮挂到天上。"于是她取出另外一只巨大的葫芦，将月亮从中掏出，悬挂到了天上。她细致地调整月亮的角度，好让那温柔的银白色光辉能恰到好处地披在每个人的肩头。

点拨

解释日月的昼夜更替，是许多神话传说和民间故事的主题，这里的描述却如此温柔。你还能想到其他故事里的版本吗？不妨打开脑洞写一个属于自己的版本吧。

每日每夜的情况都是如此，祖罗在天上过起了光明的幸福日子。但这样的日子还没过多久，祖罗就害起思乡病来，他成天思念着自己在地上的老朋友们，在夜里辗(zhǎn)转反侧。

又是一个翻来覆去的深夜，祖罗想着：我留在这里，无非是因为这些美丽的东西。如果我能带一小块太阳和一小块月亮回去的话，那么地上也有了光明，树木和青草就会变得苍翠，花朵、蝴蝶和小鸟也会随之而来了。就这样，他下定了决心，要趁光明侍女不注意的时候切下一小块太阳和月亮带回地上。

终于有一天，祖罗趁着她有事外出，偷偷从柜子里掏出月亮，切下一角，又趁着天上飘过一大块乌云的时候把太阳取了下来，也切下一块。他用坚固的布条将小太阳和小月亮牢牢系在腰上，便赶紧沿着来时的路找到神奇的蜘蛛网，顺着网边滑下去了。

侍女办完事回来，一如往常准备工作，却发现太阳和月亮都被切去了一小块，她急忙跑去禀告国王。

国王勃然大怒，下令让所有士兵追捕祖罗。士兵们在王国内到处寻找，正急得团团转，国王突然想起祖罗的来路，便跑到国土边界的蜘蛛网边。他们探头向下看，只看到一个小小的身影在蜘蛛网上不断下降，在他的身边闪耀着金色和银色的光芒。

怒不可遏(è)的国王对着士兵们咆哮：“快去把祖罗给我抓回来！这个偷走太阳和月亮的小贼！”

祖罗自然也听到了国王愤怒的咆哮，但他没有回应，只是爬得更快了。不一会儿，他就降落到了地面上。他一个劲儿埋头朝前冲，可无论他如何左冲右突，也没法甩掉身后的追兵。

终于，追兵们把祖罗围堵在一条大河边。河面宽阔，水流澎湃汹涌，祖罗不擅水性，无论如何也游不过去。他焦急不安地在原地转来转去，终于，他想出了一个办法——他抱着班卓琴，弹出一段奇异的音调，又在口中低声念了一句咒语。刹那间，他就连人带琴变成了一根棍子，倒在地上。

很快，士兵也来到河边，他们左右张望，不见祖罗的踪影，只有河对岸树影幢（chuáng）幢。河边空空如也，没有渡口也没有渡船，任凭士兵人数众多，在此也毫无用处。有个士兵不耐烦地蹬了一脚地面：“瞧啊！河对面的树影动了，那肯定就是祖罗的藏身处。”他就顺手抄起地上的那根棍子，用力一掷，把它扔到了河对岸的树丛里。

这根棍子刚一落地，祖罗就立刻解除了咒语，变回了兔子。他蹦蹦跳跳地在灌木丛中灵活来去，笑着说：“哈哈！现在可没有人能抓到我了。”

祖罗找到了一棵最高的树，他费劲爬上树，将腰带上紧紧系着的太阳和月亮解下来，挂到天空中。一瞬间，金色的温暖光辉洒遍了大地。见到这一幕，祖罗得意极了，他倚靠在粗壮的树枝上，弹奏着班卓琴，兴奋地唱起那首歌来：

我是兔子祖罗，
我讨厌黑暗。
我是兔子祖罗，
我喜欢光明国度的蝴蝶、小鸟和花骨朵儿
……

在他的歌声中，神奇的事情发生在这片原本被黑暗统治的大地上：青草和树木都展开了身姿，开始变得青翠葱茏，花鸟争奇斗艳，动植物们都钻出洞穴和地，痴痴地仰望着新鲜的一切。他们齐声高喊着："我们从来没有见过这般美景！祖罗真是一个伟大的魔术师，他给我们带来了光明！"

从那以后，兔子祖罗带来光明的故事就在这片大地上代代相传。

猫师傅与狗徒弟

狗总在黎明前饿醒，肚子咕噜噜地打雷，吵得他心慌。醒来他看着存粮叹气——纵使他视力再好，也找不到藏在洞穴里的小动物，因此饿肚子也成了常有的事。

狗想了又想，决定要向猫拜师学艺。原来，在动物王国中，猫拥有一项特殊的本领——她可以通过嗅闻气味寻找到猎物的藏身之处。这一本领在动物界中堪称绝无仅有，猫也因此被公认为最好的猎手。

如果自己也能学会这项技能该有多好啊！狗摸着肚子忍不住幻想各种美味。狗心痒难耐，决定今天就出发向猫请教，请她收下自己为徒，学习捕猎技能。为此，狗追了一天终于猎得了一只肥美的野兔，一路上反复琢磨着该如何开口，才能拜师成功："拜托你可怜可怜我，教教我嗅气味的本领吧！可怜的我只能靠视力，经常找不到吃的……"

他忐忑地来到猫面前，结结巴巴地说出自己的请求，猫却出人意料地爽快，一口应下，没有半分犹豫。于是，狗当天就欢天喜地地搬到了猫的家里，开始向猫学习嗅闻的本领。

猫是一位循循善诱的好老师，手把手地将自己的秘诀倾囊相授。一开始，狗总是把相似的气味弄混，可猫师傅从不生气，不厌其烦地为狗解说其中的诀窍，一旦狗有了什么进步，总是不吝夸赞。

在猫师傅的悉心教导之下，狗很快就学会了分辨不同气味的特征，并且可以紧紧抓住气味线索坚持追寻猎物了。然而，在肉眼可见的进步和日复一日的夸奖中，狗开始迷失自我，觉得自己已经学有所成，可以自立门户了。

点拨

猫师傅真是一位难得的好老师，不过“赏识教育”看来也有弊端。对照狗求学的历程，感受一下非洲人民的教育智慧吧。

又一次满载而归后，狗趴在地上累得“呼哧呼哧”地吐舌喘气，用爪子拨弄着面前的猎物，分成两堆：“这只给师傅，这只归我。这只给师傅——这只兔子我好不容易才追到的，想想还真是稍微有点舍不得呢……”于是狗当天晚上就向猫辞行，请求猫师傅同意他回家去。

“可是你还没完全学会呢。”猫师傅挽留道，“还是再留下多学一些时间吧。”但狗心意已决，不顾猫再三挽留，坚持要离开。猫师傅拗(niù)不过自己一意孤行的徒弟，也只好同意：“好吧，好吧。我的徒弟，如你所愿，你可以出师了。但容我和家人准备一下，我们明天为你举办一场出师宴，邀请周围的动物们都来见证你学会了一项多么光荣的新本事！”狗想着一场出师宴也花不了多长时间，便同意再留一天。

第二天清晨，猫师傅早早地就收拾好了行囊，像往常一样准备出门打猎。临走前，她嘱咐家人道：“如果我的徒弟来家里找我，你就告诉他，‘你师傅不在家，你去找她吧。’在他正式出师之前，让我来考察考察他的学习成果。”

不一会儿，狗来了。“叩叩叩——”狗敲响了猫的家门，礼貌地问道：“请问我的猫师傅在吗？”

小猫们吵吵嚷嚷地抢答："大猫打猎去了！大猫让你去找她。"细声细气的小猫挨挨挤挤地在家中奔跑追逐，只见前头的小猫突然停下，后面毛茸茸的小猫扎堆儿摔作一团。留守家中的看护猫连忙上前左哄右抱，好不容易才让娇气的小猫们停下哭声。狗见猫家中乱糟糟的，便轻轻合上了门，独自出发去森林里找师傅。

狗站在猫屋门口，深吸一口气，鼻翼轻轻翕(xī)动，气流带着猫留下的味道钻进鼻腔。他自信地迈开步子，顺着猫留下的气味踪迹轻快地向前跑去。每次路过高大的树木，猫总是要停下来用脸颊边上的气味腺(xiàn)蹭一蹭树木，或是直起身在树干上磨一磨爪子留下抓痕。这些新鲜的气味成了狗追踪猫师傅去向的绝佳线索，狗自信地小跑着，尾巴在身后甩动，显现出他此刻欢愉的心情。

但当他追到一块大石头面前，原本清晰的气味线索变得复杂了起来。猫的气味在附近反复来回穿梭，形成了复

杂的线索链条。不过，这难不倒嗅觉灵敏的狗，他很快就解开了这个谜题——猫师傅从这块大石头上跳跃到了小土堆上，然后穿过一个洞穴，从另一个洞口钻到了茂密的面包树上。

狗很确信，猫师傅最后的气味就留在这里。但猫师傅到哪里去了呢？狗围着粗壮的面包树干，在树下绕来绕去，怎么也没看见猫师傅的身影。他时而把鼻子插进草丛，时而用吻部拱拱土堆，或是直起身子向着树梢上寻找。这里有七种松树的气味，八只兔子的痕迹，可是猫师傅会藏在哪里呢？

原来，猫师傅此时正窝在树杈上，看着狗的一举一动。她探出脑袋高声说："我在树上啊！"狗听到猫师傅的声音，非常兴奋，尾巴摆动的幅度都变大了许多。他连忙问道："师傅，你怎么在树上？"

猫回答道："我追着鸟儿爬上了树。今天天气这么好，我忍不住要在树上多待一会儿。"

可是，狗还没学到上树就向猫师傅请辞了，不会上树的他只能扒着树干，眼巴巴地看着猫在树上灵巧地将鸟儿按在爪下，然后"噌噌"地利落下树。狗懊悔不已，低下声音向猫师傅请教，倘若碰到高处的猎物，他该怎么办。

可是，猫师傅却回答他说："狗啊，你现在只会嗅闻着地上的味道寻找猎物。倘若猎物会爬上高处，你就束手无策了。要是你再多留一阵子的话，我就能教你怎么追着猎物的气味灵巧地在高处穿行了。可今天是你的毕业典礼呀，这本事我也来不及教你。"

狗恍然大悟，原来自己在学习上太急于求成，犯了一个大错误。他这才明白，在学习上心急吃不了热豆腐，可是已经太迟了，无论他如何恳求，猫师傅都不肯教他攀爬。

因此，直到现在，所有的狗都还不会爬树。

任务

关于狗为什么不会爬树，其实有许多故事版本，找来读一读，看看你更喜欢哪个呢。读完后，记得认真研究一下猫可以爬树而狗不可以的科学解释哦。

兔子大师与浆果

辽阔的非洲草原上，旱季正无情地肆虐。碧空如洗，万里无云，但灿烂的阳光却无法穿透动物们心中厚厚的阴霾。往日水草丰茂的湖泊越缩越小，逐渐变成了水塘、水池，最后成了方寸水坑。但是太阳仍然高悬在天上，肆无忌惮地散发着热意，眼见着连这最后的小水坑也要消失不见了。往日成群结队自由嬉戏的野生动物们也失去了活力，各自寻找勉强还能称得上阴凉的角落，蜷(quán)缩着躲避干旱和酷热的折磨。

> **点拨**
> 非洲故事最重要的特色之一，便是与众不同的非洲地理环境。这段环境描写生动出色，是我们学习的范例。

干熬着也不是长久之计，大家都口干舌燥，渴得受不了。终于，有动物挺身而出，提议道："我们不能坐以待毙。大家齐心协力，一起挖一口井吧，也许地下还有水。"

兔子大师听到这话，心想：挖井绝不是什么轻松的活计，我可不想和他们一起。反正我有足够的浆果，我可不会渴死。

于是，兔子偷偷从动物集会中溜走，去丛林里见鹤，他们商量着一起去搜集浆果。他们很快就从干树上找到了食物，坐在浆果丛边尽情享用，一直吃到肚皮圆滚滚地凸出来，走路也一摇一摆。兔子实在是吃不下了，与鹤相约下午再来平分剩下的浆果后，他们就各自散去。

不一会儿，兔子大师就回到浆果丛边，把剩下所有的浆果一扫而空。不过，这下要怎么和鹤交代呢？他看着光秃秃的浆果丛，眼睛滴溜溜一转，心生一计。他躲到附近的隐蔽处，等鹤回来的时候故作惊慌地出现："谁吃光了我的浆果？是不是你，鹤！我可比你回来得晚。"

鹤一头雾水，却百口莫辩："我的朋友，我根本就没看见这些浆果啊！"

兔子不依不饶地说："你打算怎么补偿

我？我的浆果可全都被你吃光了！”接着，他开口唱道：

我的浆果哟喂——
谁偷吃了我的浆果？
谁偷吃了我的救命果，
就如同存心要杀我！

点拨

非洲故事的特色之二，充满歌唱性，在这篇故事里体现得淋漓尽致。

鹤百思不得其解，但他一贯好心，便打算做些什么来补偿兔子。于是他抖落一些羽毛，向兔子说：“这些羽毛都是我平日悉心爱护的，你喜欢哪片就尽管拿走吧。”于是，兔子从地上捡起一片最大的，心满意足地带着回家了。

走了不久，兔子看到一群在跳战舞、互相掷标枪的人，兔子朝他们喊道：“我这儿有一片漂亮的羽毛，你们谁要戴上？”于是，其中一个人从兔子手里接过羽毛，插在头上。但是不巧一阵风吹来，羽毛被风卷走了。

那人转头对兔子说：“曼桑杰，你的羽毛被风吹走了！”

兔子表现出一副满不在乎的样子，说：“随它去吧，一片羽毛能值多少钱？”说完，就转身离开了。

没走出两步，兔子却放声歌唱道：

点拨

非洲故事的特色之三，重复性的叙事节奏。相似的情节加上相似的歌词，富有回环往复的音乐美。中国诗歌也讲究重章叠句，一咏三叹，不同国家的文学艺术竟在此相遇了。

我的大羽毛哟——

小鹤给我的大羽毛哟喂！
小鹤偷吃了我的浆果，
我在一棵干树上找到的救命果。
谁偷吃了我的浆果，
就如同存心要杀我！

听到兔子的歌声，那人感到愧疚不安，快步追了上来，塞给兔子一些今天刚猎得的鲜肉。兔子停下了歌唱，接过鲜肉继续赶路。不久，兔子遇到了一群人正在野炊。见他们在喝酸牛奶，兔子热心肠地说：“空口喝酸牛奶有什么好吃的，不如加点配菜吧！正巧我这有一些鲜肉。”

说完，兔子就睡了。野炊的人把肉处理干净了，放进锅中炖煮，香味四溢，他们狼吞虎咽连肉带汤吃光喝尽，满足地抹抹嘴。兔子醒来后很惊讶：“你们竟然把肉都吃完了？”他接着放声唱道：

我的鲜肉排哟——
野炊人赔我的肉排哟喂！
野炊人弄丢了我的珍宝，
那是小鹤给我的大羽毛。
小鹤偷吃了我的浆果，
那是干树上找到的救命果。
谁偷吃了我的浆果，
就如同存心要杀我！

为了息事宁人，人们只好把剩下的那些酸牛奶给了兔子。兔子眼见着云层越来越低，天色越来越暗，马上就要下雨了。兔子心想：看样子今天是免不了被雨淋湿了，我得找个人为此补偿我。

还没想到什么好主意，暴雨就来了。地面变得湿漉漉、滑溜溜的，兔子脚底一滑，摔倒在了蚁丘上，酸牛奶也全洒了。他生气地撒起泼："我的酸牛奶怎么洒成这样！"

他唱道：

我的酸牛奶哟——
野炊人给我的酸牛奶哟喂！
蚁丘喝了我的酸牛奶，
野炊人吃了我的鲜肉排！
抢走我的酸牛奶和鲜肉排，
就如同存心要把我害。
蚁丘，还我的酸牛奶！
蚁丘，不要耍无赖！

蚁丘被他吵得没有办法了，只好补偿给他一些有翅膀的蚂蚁。

兔子带着这些蚂蚁回到家。一路上他又是长途跋涉又是放声高歌，早已口干舌燥。可是他刚走到水井边，就被威风凛凛的狮子拦下了。狮子被动物们推举为水井的守卫者，不允许兔子喝水："这口井里可没有给兔子的水，因为你拒绝挖井工作。”

兔子眼睛一转，很快又心生一计。他故作神秘地悄声说：“我这里有带翅膀的蚂蚁，这可是难得的美味。你不想尝尝吗？”

狮子想到那美妙的滋味，心中泛起涟漪。思来想去，他还是没能抵挡住美味的诱惑：“好吧，那你把蚂蚁给我，你去喝水吧。不过，你得在我吃蚂蚁的时候把我绑起来，好让我能装作不知情。”

兔子欣然同意，迅速把狮子牢牢绑住，一蹦一跳地跑去井边，痛痛快快地喝了个饱。喝饱后，兔子心满意足地躺在井边，享受难得的闲适时光。他想到刚刚在雨中跌了

一跤，身上沾满了灰尘和泥土。在喝饱水之后，皮毛上的污渍便开始格外令人在意。兔子大师忍不住跳进水井里畅快地游了一圈，干干净净地洗个澡。

跳出井的兔子甩了甩身上的水珠，一身顺滑的皮毛在阳光下闪闪发亮，仿佛一匹上好的绸缎。他脚步轻快地跑到狮子面前，得意扬扬地向他炫耀道："你们的水被弄脏了，我可是兔子大师！"说完，他便趾高气扬地离开了。

不久，动物们也回来喝水了。在干旱的草原上辛苦了一天，归来时却发现井水浑浊不堪，动物们一瞬间炸开了锅，纷纷互相打听："是谁把我们的井水弄脏了？"狮子回答道："是兔子，你们没见我被兔子绑起来了吗？都是因为兔子带着有翅膀的蚂蚁来欺骗我！"

动物们听完狮子的回答，怒不可遏。他们成群结队去找兔子算账。只听轰隆一声炮弹响！兔子完蛋了。

丝绒垫上的猫和灶灰堆里的狗

从前，有一个女人和她的丈夫，虽然他们一直悉心照料自己的孩子，但他们的每个孩子总是不幸夭折。于是，她去向一位小神祈愿，希望能得到一个健康长大的孩子。小神应允了她的祈求，回应她道："我将赐你一个孩子，但这个孩子将会让你负债累累，倘若孩子能顺利长大，他将会回报你。"并赐给她三枚银币，上面分别刻有猫爪、狗头和鸟羽。

> 点拨
>
> 这是后文的线索，这里埋下伏笔，平时的阅读和写作中，记得留心这种手法。

很快，女人就发现自己再度怀孕了。她顺利地生下了孩子，并将其抚养长大。她时常想起小神说的话，但又不知道将会在何时应验，就这样提心吊胆地生活着，孩子也渐渐长大成人。一天，这个年轻人对母亲说："妈妈，请给我一些沙金，我要去海国的尽头买盐。"

女人答应了，竭力从家中找出四磅沙金给年轻人带上路。

在前往海国的路上，他看见一个过路人牵着一只狗在散步。他没有多想，就花了四磅沙金从狗主人手中买下了它。一回家，母亲见他两手空空，只牵着一只斑点狗，不解地问他："你怎么这么快就回来了？你没有到达海国的尽头买来盐吗？"年轻人便如实相告，母亲叹了一口气，接受了现实。

和狗生活了一个月，年轻人又准备出发了。他对母亲开口："母亲，请给我五磅沙金，我要出发去做生意。"母亲只好答应了。

没过几天，年轻人愉快的声音就传进了屋子里："妈妈，你看我带回来了什么！"女人发现他又抱着一只猫回来，无奈地叹了一口气："唉，我就知道你这孩子肯定不是出门做买卖去了！"

年轻人、母亲、狗和猫又一起生活了四十天，年轻人准备再次出发："母亲，请给我一些沙金去做生意吧。"

母亲沉重地叹息道："这是家里最后的四磅沙金了。如果我把它给你，你这次真的会用它去买商品的，对吗？"

年轻人说："听见了。"

次日清晨，天朗气清，阳光驱散了夜晚的凉意与阴影。年轻人仔细地收拾好行囊，准时出发了。他上路后不久，就在路上遇到一位托着鸽子的阿散蒂人。年轻人一眼就看上了这只鸽子，他对阿散蒂人说："你好，我想买下你这只动物。"

阿散蒂人拒绝了他："我不卖，这只鸽子对我来说很有用。"年轻人也像之前一样坚持请他开价："你以为我买不起它吗？请把它卖给我吧。"

阿散蒂人要价四磅重的沙金，年轻人爽快地付了款，把鸽子带回了家。

> 点拨
> 在现实生活中，像年轻人这样的消费习惯我们可是要避免的哦。

母亲看到他又很快带回来了一只鸽子，意识到最后的四磅沙金也打了水漂，顿时气急攻心：“这是什么东西？你拿去的可是我们家最后的四磅沙金，这就是你买回来的东西？”但年轻人非常坚持：“无论如何，这就是我买回来的东西。”母亲叹了口气，收拾出一个鸟笼，再度接受了现实。

一天，鸽子突然开口说话：“过来，过来！”年轻人走上前去，鸽子告诉他：“我曾是一个村庄的首领，被坏人变成了一只鸽子。现在我恳求你送我回家乡，我和我的族人一定会非常感激你的。”

年轻人连连摆手：“你肯定是在撒谎吧，我一打开笼子，你肯定就立刻飞跑了。”

鸽子连忙说：“我没有撒谎！如果你担心我会逃跑，就在我的腿上系上一根绳子，再带我一同出发吧。”

年轻人觉得可行，便带着鸽子上路了。他们跋山涉水，来到一座宁静的村庄附近。忽然，一个眼尖的孩子一抬头，看到鸽子便高喊起来：“是首领回来了！”其他的孩子们看到也跟着呼喊起来，呼声惊动了劳作的村民和休息的老人，他们一个接一个地高喊着：“首领回来了！首领回来了！”

于是，他们拿出吊床、盛装和充足的食物来迎接首领鸽子回家。不出半天，整个村庄都得知了鸽子首领的故事——他如何外出游历、如何被坏人抓住变成鸽子、又被年轻人解救并送回家。

村庄里的每个人都对年轻人十分感激，长者和年轻人见到他都要起身问好，孩子们采集了许多鲜花为他做了一个美丽的花环。首领夫人和所有的长者都拿来了一罐沙金感谢他。最后，首领鸽子看了看他空无一饰的手，摘下一枚随身携带的戒指递给他：“谢谢你，善良的年轻人！我实在不知道该如何感谢你，请你收下这枚戒指，无论你想要什么，这枚戒指都能帮你实现。”

年轻人和大家依次告别，带着沙金和戒指回家了。他来到家附近的灌木林中，取下戒指放在土地上，后撤一步，双手合十，对戒指许愿：“戒指，请帮我把这里变成平地，我要在这里建立村庄。”一转眼，茂密的灌木林就变成了

一片平地，清理出来的木材整整齐齐地码放在远处。一大片房屋竖立起来，人们从四面八方走来，年轻人成了村庄的国王，他的母亲则是村庄的女首领。

蜘蛛安耐西曾是他的朋友。这天，安耐西来拜访他，一进到村子里，就连连赞叹："天啊，我们认识的时候，你还是那个幼小的孩子，现在你已经长得这么大了，还变得幸运而成功，不用再在乎我或者照顾我了。这一切究竟是怎么发生的呢？"

年轻人一五一十地讲述了这一切。安耐西听完，对他说："亲爱的朋友，我真为你感到开心！现在我要回我的村子里取一点东西送给你。"

安耐西回到自己的村子里，对侄女说："把这瓶棕榈(lǘ)酒送给我的朋友。如果他有什么交代你的事情，你就照做。你要抓紧时间在回来前拿到那枚神奇的戒指。"

女孩来到年轻人的村子，将醇香的美酒交给他，对他说："如果您有任何需要，请吩咐我。安耐西交代我，这瓶酒是我们村子里的珍宝，希望您在饮用之前沐浴祭祷，虔诚洁净。"

年轻人没有多想，就答应了她。去洗澡前，他摘下戒指，随手放在桌子上。女孩趁他洗澡的时候拿走了戒指，交给叔叔安耐西。安耐西兴奋不已，也用它建了一个大村子。

年轻人将自己从头到脚彻底清洁之后，却找不到戒指了。他听说安耐西建立了一个比这里更大的村落，忍不住向小神祷告。小神告诉他："安耐西的侄女受叔叔的吩咐，拿走了你的戒指。”与此同时，安耐西也向小神祷告询问，得知了小猫欧克拉和小狗欧克拉曼会被派来取回戒指。他思来想去，想着动物总是馋嘴，不如在路上用美食来做诱饵，它们就不可能继续前行。

年轻人听到小神的答复，却并不慌张。他回家告诉小猫欧克拉和小狗欧克拉曼：“是时候展现你们的本领了。我的戒指丢了，是安耐西骗走了它，放在他众多盒子中的一个里边。听说安耐西会把迷药放在肉里，摆在路边。你们见到路边的肉不要贪嘴，绕过它直接去取我的东西。”

狗故意大声在年轻人面前说道：“欧克拉，你听见了吗？不要吃路边的肉,你总是管不住自己的嘴。”猫反驳道：“走吧，欧克拉曼！你才是耸着鼻子到处嗅的那个呢。”

猫和狗很快就走到了安耐西放肉的地方。狗闻到肉的香味，站在路边直流口水：“欧克拉，我饿了！我饿得胃疼，不吃点东西的话，就走不动路了。”猫说：“走吧，走吧！你不记得主人说的话了吗？我们还是赶紧走吧，主人交代的差事要紧！”

狗又是撒娇又是打滚，无论如何都坚称自己饿得走不动路。猫见实在说不通，只好自己独自前行，临走前不忘再三叮嘱，让狗不要忘记主人的交代。狗见猫走远，三步并作两步返回，大口吞下肉块。没一会儿，它就感觉天旋地转，晕晕乎乎地倒下了。

猫独自赶到安耐西的村子，后腿用力一蹬，轻盈地跳上了安耐西家的房顶。一只老鼠路过，猫眼疾手快，迅速把老鼠按在爪子下。老鼠瑟瑟发抖，连声哀求道：“求求你放了我吧。我很能干，我会帮您做事的！”

猫说：“我主人的戒指丢了，听说就放在安耐西那些盒子里。如果你能把它找出来，我就放过你。”老鼠满口答应。猫接着说：“我怎么知道你会不会趁我一松手就逃之夭夭呢？”老鼠连连保证道：“可以在我的腰上绑根绳子，你就能随时知道我的位置。”

老鼠就这样进入了安耐西的房间。它翻出了所有的盒子，挨个咬破个洞检查，直到戒指出现。它一点点地在盒子上掏出小口子，把戒指拽出来，然后沿着绳子爬上屋顶。

猫拿到戒指便离开了。在返程中，它遇见了狗。狗依然躺在他们分别的地方，迷迷糊糊地晒着太阳。猫见到狗躺在原地，立刻就明白了情况。但它仍然装作不知情的样子问道：“欧克拉曼，你还躺在这呢！那块肉去哪儿了？”

狗回答道：“肉？什么肉呀？也许是落下它的主人把它拿回去了吧。你拿到戒指了吗？”猫得意扬扬地掏出戒指给狗展示。狗眼珠一转，说：“我们来时的那条河水位上涨了。猫，你个头小，过河时戒指可能会掉到河底。还是把戒指给我吧，我从水面游过去，保证安全。”

猫没有多想，就把戒指交给狗。狗把戒指衔在嘴里，同猫一起双双跳下河。游到河中间的时候，狗觉得有点疲惫，正准备张开嘴喘口气，一不留心，戒指就从它嘴里滑到了河水中。

灵巧的猫率先渡过了河，站在岸边抖毛。一见狗上岸，便问它："戒指呢？"狗说："过河的时候，从我的嘴里滑走了。"

猫气得火冒三丈，挥起爪子"梆梆"地敲了几下狗的脑袋。它看到一条大鱼经过，眼疾手快地把它捞到岸上。大鱼在岸上扑腾挣扎着，溅起一片泥点。猫把鱼摁在爪下，威胁它说："我的戒指掉进河里了。如果你不想惹麻烦的话，就立刻给我找回来。"

鱼立刻服软求饶："你放了我吧，我把戒指还给你。"说着，就吐出了戒指。

狗夹着尾巴跟在猫后面走，一路上哀声恳求："欧克拉，求你千万别把这事儿说出去。"猫没有回答，只是快步回家。

到了家中，猫把路上发生的一切告诉了主人。年轻的首领对猫说："你，猫欧克拉，无论我吃什么食物，都会同你分享；无论我盖什么被子，都会给你留出一片温暖。至于你，狗欧克拉曼，当寒夜降临，你只能躺在冰冷的灶灰中，吃剩菜冷饭。"

从此，猫占据窗台最优越的位置，品尝最新鲜的食物。而狗只能睡在冰冷的灶灰堆里，瑟瑟发抖。正如谚语所说："谨慎的爪子永远比莽撞的利齿先尝到鲜鱼。"

谁杀死了小豹

春天的早上风和日丽，金色的阳光像一层薄纱，暖融融地照拂着大地，小花从草地、树丛中探出头来轻轻摇摆。微风拂过，送来了新鲜的味道，小豹子隐匿在草丛中轻轻翕动鼻翼，尽情地捕捉风中传递的信息。

老豹子出门捕猎前交代它，如果不是万不得已，千万不要离开这片隐蔽的藏身处。小豹子牢牢记在心中，但原野和自由的味道令它心潮澎湃，无法抗拒。它试探性地迈出一步、两步，微风依然和煦，阳光依旧温暖，什么事也没有发生。于是，小豹子放下心来，兴致勃勃地踏上了外出探险之旅。

它沿着蜿蜒的小溪奔跑，溪边的石头上挂着晶莹的水珠，在阳光的照耀下闪烁着五彩的光芒。接着，它又跑过了茂密的林场，高大的树木遮天蔽日，偶尔有几只小鸟从枝头飞起，叽叽喳喳地鸣叫。最后，小豹子来到了一片广阔的草原。此时，一群大象正在草地上享用美食。

大象们凭借着粗壮的躯干和惊人的体重，向来在草原上所向披靡，没有什么动物敢同它们正面抗衡。可是偷偷溜出来的小豹子还不懂这些，老豹子还没来得

及告诉它草原上的生存法则。初出茅庐的小豹子在平地上打滚，天不怕地不怕地尽情撒欢儿，一下子不注意，咕噜噜地滚到了象群中间。

大象们正低头吃草，突然发现脚下蹿出一只豹子，都被吓了一跳。整个象群都变得躁动起来，大象们彼此推搡着，焦躁的气氛在象群中蔓延开来。在大象们挨挤着涌动的时候，不知是哪一只象在混乱中一脚踩中了小豹。可怜的小豹甚至来不及发出一声悲鸣，就这样在象蹄下一命呜呼。

不久，小豹的尸体被前来捕猎的其他豹子发现了。小豹向来活泼可爱，在同族中很受欢迎，它身上特殊排列的斑点也让长辈们认出了它。豹子们飞奔到老豹子那里，告诉了它这个不幸的消息："不好啦！小豹子死啦！我们在草原上发现了你儿子的尸体。"

老豹子听到这个消息，像被一道闪电击中，顿时呆在原地。它不敢相信："你说什么呀？"它四处寻找，却没有嗅到孩子的气味。它黯然神伤地垂下了头，久久说不出话来，泪水在它的眼眶里打转。过了一会儿，它才终于抬起头，振作起来，问道："哎……我的孩子呀……究竟是谁杀了我的孩子？请你们告诉我！我要给我的孩子报仇！"

那些豹子异口同声地回答："是象踩死了你的孩子。"

"谁？"老豹子诧异地问。

"是象踩死了你的孩子。"那些成年豹怜悯老豹失去了孩子，又耐心地重复了一遍。

“怎么会是象呢……”老豹的声音低了下去，喃喃(nán)自语道。

“是啊，是象。”那些豹子又重复了一遍。

老豹子想到刚刚放下的狠话，觉得脸上火辣辣的。它咬了咬牙，大声宣布：“不，不是象！是羚羊顶死了我的孩子。没错，就是羚羊！我的孩子是羚羊杀死的，我要让它们偿命！”

于是老豹子强装作勃然大怒的样子，冲向山坡上正在慢吞吞地吃草的羚羊，挨个咬穿了它们的喉咙。

点拨

在生活中，我们有时也会看到像老豹一样的人，当它受到强者的欺侮时，只敢逃避和退缩，转过身向弱者泄愤。

乌龟的逃生之路

苏库村里有个年轻人，在芦苇丛里发现一只乌龟。他没有像以往一样慢悠悠地看着乌龟爬向水中，而是抄起这只在暖洋洋的阳光下被晒得晕头转向的乌龟，把它带回了村子里。

回到村子里，正在悠闲地晒太阳的村民们纷纷围上来，好奇地盯着年轻人手中的乌龟，你一言我一语地讨论起来。

“好大的一只乌龟，不如咱们把它杀了吃吧！”

旁边的人也依声附和起来：“那要怎么才能杀了它呢？”

“咱们找一把锋利的砍刀把乌龟劈成两半吧！”

没想到这时候乌龟开口唱起歌来：

我是乌龟柯卡，
有人想用斧子劈死我啊？
哼，休想！
我是斧子劈不死的乌龟柯卡，
我有最坚硬的背甲！

那个最初提议用砍刀劈乌龟的人哑口无言，陷入了沉默。但很快，围观的群众中又出现了另一种声音：“那我们改用沉甸甸的石头来砸死它吧！”

乌龟柯卡心想，这下坏了，再坚硬厚实的背甲，碰上高处砸下来的石头也吃不消呀。但是它佯(yáng)装镇定，又唱起歌来：

我是乌龟柯卡，
有人想用石头砸死我啊？
哼，休想！
我是石头砸不死的乌龟柯卡，
我有最坚硬的背甲！

围观的人群听到乌龟唱的歌，彼此对视了一眼，想着的确如此，乌龟背上厚厚的背甲确实能使它免于刀劈和石砸。突然，人群外围传来了一个声音：“那咱们就别和它的背甲硬碰硬了，还是把它扔到火里去吧！”

乌龟暗自心惊，它的背甲虽然坚硬万分，但是倘若用火烧烤，就会变得又干又脆，甚至还可能破损开裂。但它仍然镇定地歌唱着：

我是乌龟柯卡，
有人想用烈火烧死我啊？
哼，休想！

我是烈火烧不死的乌龟柯卡，
我有无死角的背甲！

我背上的这层壳甲，
坚硬得像钢铁一样，
倘若有人质疑它，
放马过来试试看！

见到乌龟始终如此冷静，似乎这世界上没有什么方法能杀死它，围观的人终于恼了，嚷道：“我们该拿你这家伙怎么办呢！”

他们吵着嚷着七嘴八舌地讨论着，最终决定将乌龟扔到水里去。乌龟一旁听到这话心下一喜，但是却装出恐惧不安的神态：“哎呀！要把我扔水里去，这回我可真的要

完蛋啦！怎么办呢！苍天啊，大地啊！快想想办法吧！”

人群中爆发出一阵欢呼声，大家纷纷拍手叫好：“太好了，就这么办！咱们终于找到杀死乌龟的办法啦！哈哈哈！”于是人们一把抓起了乌龟，把它带到河边，扔进汹涌的河水里。

正如他们所期待的那样，乌龟很快就卷入了漩涡中，许久不见踪影。人们说，这下乌龟可完蛋啦。可正当他们得意的时候，乌龟从远处的水面探出头来。它在水中游泳的姿态敏捷矫健，一边游泳一边欢声歌唱着：

提问

乌龟靠自己的智慧，战胜了看似可以主宰它命运的村民。你认为乌龟和村民分别象征着什么呢？

我是聪明的乌龟柯卡，
我一来到水里呀，
就像是回到了自己的家！
我一回到水里呀，
就是来到了我自己的家！

兔子与皇冠鸟

兔子和好朋友皇冠鸟一起兴高采烈地收拾好行囊，踏上旅途，准备一起去探望他们儿时的挚友小猫。由于平日里各自忙碌，他们很久都没有一起出游了，便打算趁此机会尽情玩耍，把那些聚少离多的时光统统弥补回来。他们在寂静的山谷中漫步，呼吸洁净的空气；在清澈的溪流边游戏，啜(chuò)饮澄净的溪水；在柔软的草地上小憩，沐浴和暖的阳光。

他们翻山越岭，来到一条波光粼粼的小河边，碰到一位在河边洗澡的老妇人。兔子和皇冠鸟正要渡河，却被老妇人拦住了，她开口请求道：“好心的小动物，能不能请你们帮我洗一下背？我自己实在是擦不到。”

兔子嫌恶地瞥了一眼老妇人，不假思索地拒绝：“哼！不要，我才没这闲工夫。”

说完，兔子就快步绕过了老妇人，露出了他身后的皇冠鸟。老妇人又向皇冠鸟提出了同样的请求。与兔子不同，皇冠鸟很爽快地答应了。皇冠鸟用长长的喙(huì)衔起搓澡巾，充分利用他灵活柔软的脖颈，仔仔细细地帮老妇人做清洁。

兔子见皇冠鸟一丝不苟地帮老妇人擦背，不屑地撇了撇嘴，在心里抱怨着：皇冠鸟这家伙，真是小题大做，不知道的人见了还以为他在做什么惊天动地的大事呢，我可不愿意和他一起丢脸！

兔子对皇冠鸟说："你为什么要自找麻烦？我可没耐心等你了，我先走了！"

说完，兔子加快步伐，匆匆上路了。皇冠鸟虽然有心想赶上他的朋友，但他想，既然答应了老妇人，就要把答应的事做好。因此，他虽然内心焦急不已，却依然有条不紊地做着事。

过了好一会儿，老妇人满意地对皇冠鸟说："谢谢你！好心的皇冠鸟，我现在觉得舒服多了！来，把你的翅膀和腿都伸进河水里吧。"

皇冠鸟不明所以，但还是一头雾水地照做了。等老妇人让他抬起翅膀和腿时，皇冠鸟眼睛瞪得溜圆——他的腿上套着精美珍贵的镯子，翅膀上也戴着价值连城的戒指，在阳光下耀眼极了。

"再把你的嘴伸进水里。"老妇人笑盈盈地说。皇冠鸟明白过来，这应该是老妇人要给自己的报酬，他的心怦怦跳着，顺从地将喙埋进水波中。等再抽出来时，他从水中叼出了一件走线细密、花色华美、又轻又暖的羊毛衣服。

"现在，请你再将翅膀放入河水中。"老妇人说。

皇冠鸟听话地将翅膀伸进河水中，当他伸出来的时候，先见到翅膀上套着一个黑色的绳圈，他试探性地轻轻拉动绳子，就从河里牵出来了一匹健壮的骏马！骏马嘶鸣着同皇冠鸟打招呼，顺从地低头走到他身边。

老妇人见到皇冠鸟喜悦的表情，也笑眯眯地说："这些镯子、戒指、衣服和骏马，都是给你的礼物，感谢你毫不犹豫地帮助我。现在，你可以骑着这匹马去找你的朋友了！"

皇冠鸟骑上马，很快就追上了兔子。他快乐地展示老妇人阔绰的手笔，兔子看得眼睛都直了，不敢相信地说："天呐！我的朋友，我们才分开这么一小会儿，你就有了这么多财宝、衣服、坐骑，真叫人难以想象！"

"是呀，这都是因为我帮助了那位老奶奶，她送给我的。"接着，皇冠鸟把刚刚的事情全都告诉了兔子。

兔子感觉自己胸中有一把嫉妒的火在燃烧，他表面上强装镇定，心中却翻江倒海。他对皇冠鸟说："你先走吧，我忽然想起来还有点事，我要回去找刚刚那个老奶奶。"于是他撒开腿向河边跑去。

当兔子抵达河边的时候，老妇人正在不紧不慢地收拾东西。他抢着上前说："老奶奶，我来帮您！"

老妇人见是兔子，不禁哑然失笑："帮我？帮我什么？皇冠鸟已经帮我擦过一遍背了，你还要帮我擦背吗？"

兔子假装不在乎老妇人言语中的讥讽，维持着脸上的微笑，连声应道："是的，是的，请让我来帮助您。我很愿意帮您擦背！"

老妇人连连摆手，拒绝兔子的荒唐请求，可实在耐不住兔子一而再再而三的请求，只好松口。兔子用前爪搭着抹布，敷衍地在老妇人的后背草草擦拭了两下，就说已经擦好了。

老妇人转过身，看着兔子，淡淡地说：“好了，把你的前爪和后腿都伸进水里。”兔子满心期待，心脏兴奋得几乎要跳出嗓子眼了。但他从水里抽出手的时候，却发现上面挂着的是生锈的铜镯子和黯淡破旧的戒指，欣喜的笑容顿时僵在了脸上。

老妇人让兔子再一次伸手。兔子想，她刚才应该是在报复自己，但还是再次将手伸进了水里。这次，他得到了又脏又破的旧衣服。

老妇人又让兔子把手伸进水里。这下兔子有些不乐意

了，但他看着老妇人，不知怎的却无法说出一个“不”字来。这次他从水下牵出的是一匹瘦骨嶙峋（lín xún）的小矮马。

听到老妇人说，“你走吧，我没什么要给你的了”，兔子只好低下头，闷闷不乐地戴着锈手镯、穿着破衣服、骑着小矮马接着上路了。衣服和首饰价值不高，不知怎的却异常沉重。这匹马也行动迟缓，连农夫家的懒驴都能轻而易举地超过它。等他骑着马来到朋友家中时，皇冠鸟早已到达，喝完了一杯浓浓的热茶。

互动

如果你是皇冠鸟，朋友猫问你：“皇冠鸟，你会分给兔子礼物吗？”你会如何回答？

兔子沮丧极了，无精打采地推开朋友家的大门，宣布道：“我算是明白了，给予别人帮助总比拒绝他人好。”

万象的人类社会

非洲民间故事以其独特的视角和丰富的想象力，为我们勾勒出一幅幅人类社会的生动画卷。它们不仅让我们领略到非洲文化的独特魅力，更让我们在欢笑与泪水中，反思人性的光辉与阴暗，思考社会的正义与不公。

在这些故事中，你会见证许多异彩纷呈的故事，遇见形形色色的人物：老妇人为什么恩将仇报，向导为什么做出了令人大跌眼镜的举动，天才猎人如何在愤怒的野牛群中保住性命，消失的第十二个英雄如何“死里逃生”……每一个故事，每一个角色都是人类社会多样性的缩影，等着你去领略故事背后的非洲社会风景。

槭树送子

在一个宁静的小村庄里，住着一位年轻女性。她独自居住在一间小木屋里，辛勤地劳作，用心装扮她的家。虽然热心的邻居总是想给她介绍伴侣，但她每一次都微笑着婉拒了。随着时间流逝，周围人的议论也逐渐开始像恼人的虫子，在她的耳边嗡鸣。

流言蜚语像吹不散的乌云笼罩在她的头上，给她的生活投下阴影。她也逐渐开始烦恼："为什么我永远独身一人，为什么我的生活这么空虚乏味，为什么我的人生如此没有意义？"但她不愿只是沉默和空想，她决定行动起来。听邻居说巫医法力高强，有求必应，她马上动身前往巫医家寻求帮助。

来到巫医家，一股神秘而宁静的气息扑面而来。她看到火堆缓缓地燃烧着，发出"噼啪"的轻微声响。火堆边整齐地摆放着待烘干的药草，灶台上煮着的草药正冒着气泡，"咕嘟咕嘟"地响着。药草的清香与苦涩淡淡地交织在一起，弥漫在整个房间中，让人身心舒缓。

女人将自己的烦恼向巫医倾诉："我的年纪一天天增长，但我既没有丈夫，也没有孩子，生活非常无聊。您能不能帮帮我，让我拥有几个孩子呢？”

巫医说：“既然如此，那你可以请槭(qì)树赐予你几个孩子。”

巫医从桌子下堆放的重重杂物中翻出三个陶罐，拂去浮尘，郑重地递给女人，交代道：“你拿着这三个陶罐，去果实累累的槭树下，摘下果子，把罐子装满。然后，把罐子放在你家中间，出门散步两小时再回家。千万别提前回家，一定要关好门，记住了吗？”

女人满脸疑惑地接过陶罐，小心翼翼地捧着出了门。临走之前，巫医叮嘱道：“切记，这些孩子是借来的生命，

你要用耐心当容器，用理解作养料。要记住——母爱的容器不是子宫，是你的心。”巫医用干瘦的手指遥遥指向女人胸口。

女人回到家，认真地按照巫医的指示做好她嘱咐的事情：擦干净罐子，采集满满的果实，精心把罐子摆在房子正中央，锁好门离家去散步了。一路上，她的心中像有一只兔子在蹦跶，七上八下不得安宁。

天色渐渐暗了下来，直到晚饭时间，女人才怀着忐忑不安的心回家去。在离家远远的地方，她就听到前面传来细弱的声响。越走越近，孩子们嬉笑打闹的声音也渐渐清晰起来。她一面惊叹着巫医的神奇，另一面又隐隐不敢置信，往家走的脚步越来越快，可又担心是空欢喜一场，飞快的步伐又有点放缓了。

道路怎么如此漫长！她终于走到了家门口，颤抖的手握上门把，沉思良久才推门而入。奇迹发生在她的眼前，映入眼帘的是一屋子属于她的孩子，而家里所有的家务工作都做完了：桌子柜面一尘不染，地板光可鉴人，换洗的衣服也整整齐齐地晾在屋外。女人喜出望外，又哭又笑地抱着孩子们，说了一箩筐的甜蜜话。

从这天开始，她的生活迅速变得富足又欢畅。有的孩子每天清晨便赶着牛羊，哼着欢快的小曲儿，奔向翠绿的草地；有的孩子把家里收拾得井井有条、一尘不染。每天回家，她都要挨个亲吻心爱的孩子们，和每个孩子亲密拥抱。她想，只要孩子们能健康快乐地在她身边成长，她就心满意足了。她在心里祈祷，希望这样美好的日子能够永远延续。

但是，生活总有风云突变的时候。一天，因为一件小得不能更小的小事，女人和孩子们发生了口角。不知怎的，怒火冲昏了她的头脑，她脱口而出："你们根本不听我的话，正因为你们根本不是我的孩子。都去找你们的槭树吧，我不要你们了！"

话音刚落，沉默在孩子们之间蔓延开来，家里的氛围如同一块凝结的坚冰。她实在无法忍受这样的气氛了，便出门去拜访自己的朋友，可是等她回到家，往日热闹地簇拥着她的孩子们通通不见了踪影，家里冷清极了。

她以为孩子们是在和自己赌气，躲了起来，便在村子里大声

点拨

古代社会中的儿童不像现在这般受重视，因此很少有民间故事专注探讨亲子关系，这也折射出非洲故事独特的魅力。每个孩子降生之初，都被父母视为礼物和珍宝，可是随着时间的流逝，许多父母会忘记这一点。

呼喊他们的名字，可是没有得到任何回应。夜深了，孩子们仍然没有回来。第二天、第三天，孩子们还是不见踪影。女人问遍了村子里的每一个人，可是没有一个人见到任何一个孩子。女人冲去巫医的家里质问，是不是巫医悄悄带走了她的孩子们。

巫医只是静静地看着她，沉默地摇头。女人当即一颗心沉入谷底，但她也不愿意放弃，追问道："我现在就去求槭树行吗！巫医求你再帮帮我！求求你再帮帮我！"

巫医被她缠得受不了，松口道："好吧，那你去试试吧。也许槭树和孩子们会愿意原谅你。"

女人仿佛抓住了最后一根救命稻草，带着原先的三个陶罐狂奔到槭树下，她刚一接近，就看到树上结的果实好像全都怒目圆睁，向下瞪着她。她想要爬上树再度采摘果实，可是在它们的目光之中，她怎么也迈不开脚、伸不出手，只得黯然神伤地离去。

她回到曾经充满欢声笑语的家里，那么幸福的地方如今却只剩一片冷清。她抱着三个陶罐坐在地上，一句话也说不出。

雌鹰与恩将仇报的老妇人

在那片广袤无垠的神秘森林中，有一只强壮的雌鹰，她是森林之王，有着绝对的统治力。当她自天空中飞过时，所有飞禽都要屏住呼吸。当她落到树上休息时，所有走兽都要放轻脚步。

有一天，雌鹰正如往日一般，惬意地停卧在树上。恰好一个上了年纪的老妇人一瘸一拐地从树下经过。老妇人的腿太疼了，她深一脚浅一脚地踩在林道上，发出沙沙的声响，打破了林中原有的寂静。雌鹰被惊醒了，睁开眼向树下一看，老妇人正痛苦地扶着树干大口大口地喘息。

雌鹰心生怜悯，她问道："天呐！你看起来不是一般的疼痛，你还能走路吗？"

老妇人回答说："啊，我能走，但是一次只能走一点点。没关系，我慢慢地走回家，还能赶得上给家里的孩子们做晚饭。"

雌鹰想到了巢中的雏鹰，禁不住动了恻隐之心，但对人类的警惕是野生动物们的生存本能。她犹豫着开口："你们这些人，大多不可信。哪怕今天我帮助了你，明天你也只会恩将仇报。"

老妇人颤着声说："我不是那样的人，我不会那样做的。"

雌鹰凝视着老妇人，似乎在判断她话语的真假。许久，她轻轻点了点头，说："好吧，可怜的老妇人，那我姑且相信你一次。先把你的眼睛闭上，等我喊你的时候你再睁开眼。"闻言，老妇人顺从地闭上了眼睛。

片刻之后，雌鹰的声音再次响起："好了，睁开眼睛看看吧！"

老妇人还没睁开眼，就感觉到一阵暖流从脚底涌上，流经她受伤的小腿和膝盖，霎时间抚平了她的疼痛，甚至连常年劳作留下的旧疾也一并治愈了。老妇人惊喜地睁开眼睛，撩起裤腿，又卷起袖子，发现那些伤痕全消失了。

雌鹰又让她闭上眼睛，当她再次睁开双眼的时候，发现森林里荒芜的土地都被犁好了，田地边还建好了一座坚固美丽的小房子，围绕着这座小房子，一整个村庄拔地而起。

雌鹰说："可怜的老妇人，现在这一切都是你的了。"

老妇人连声道谢，激动得几乎说不出话："谢谢，真是太谢谢你了！我该如何报答你呢？"

老妇人以为，雌鹰会向她要一大笔财富，或者索取某种好处。但她没料到的是，雌鹰只是平静地说："我什么东西都不要，我只想要那棵矗立在村旁、高耸入云的丝绵树。"

老妇人满口答应："当然，当然！一棵丝绵树不算什么，如果你需要的话，那它从此就属于你了。"

于是，雌鹰心满意足地飞向了丝绵树。整个冬天，她都忙着在树上筑造一个精美又坚固的巢穴，又在第二年春天把刚生下的两颗蛋放进鸟巢中。她花了一个多月的时间，终于把两个孩子从蛋中孵化出来。但长时间的孵化让雌鹰饥肠辘(lù)辘，她再也忍受不了了，叮嘱孩子们独自在家要注意安全后，就离巢去觅食了。

老妇人的孙子远远望见鹰巢中有两个毛绒团子在风中抖动，他想到自己长这么大还没尝过雏鹰是什么滋味呢，于是，他跑回家在祖母膝头撒娇道：“祖母！祖母！”

老妇人问他怎么了，孩子说：“我想吃鹰的孩子。”

老妇人大惊失色，说：“我去哪儿给你弄鹰的孩子？再说了，雌鹰对我们有恩，我怎么能趁她不在就溜去找她的巢穴，与她的孩子们为难呢？”

小男孩从小娇生惯养，从来没在他祖母的嘴中听过一个“不”字。他当下就不依了，一屁股坐到地上，撒泼打滚，放声大哭：“呜啊——呜啊——让我吃鹰的孩子吧，我吃不到鹰的孩子就不活了！”

老妇人见状，十分心疼，她对村民们说：“我的孙子如果吃不到雏鹰就会死，你们去拿斧头砍倒村边的丝绵树，把雏鹰们从巢中拣出来带给我吧。”

村民们想着，能过上富足的生活都是承了老妇人的情，那为她砍一棵树也没什么大不了的。大家就这样呼朋引伴、勾肩搭背地走到丝绵树下，挥起斧头，唱起了号子：“一、二，砍——一、二，砍——”号子声和斧头砍树的“砰砰”声此起彼伏。

随着村民们一斧又一斧地挥砍，丝绵树上留下了深浅不一的伤口，其中最深的地方就只剩薄薄的树皮还勉强上下相连。眼看昔日挺立的大树就要轰然倒下，巢中的雏鹰不甘坐以待毙，争相扯着嗓子大声呼唤：

桑戈[①]，母亲啊！

---

①“桑戈”是咒语的语言，后文出现的“桑古里”也是咒语的语言。

桑戈，村民砍树，雏鹰受苦！
桑戈，母亲啊！
桑戈，觅食遥遥，快快归巢！
桑戈，母亲啊！母亲啊！

点拨

作者将非洲故事的歌唱性和《诗经》结合起来，非洲故事古老漫长，《诗经》是中国最早的诗歌总集，二者的碰撞结合，充满韵味和惊喜。

孩子的悲泣随着一阵清风传进了雌鹰耳中，她立刻振翅高飞，气流快速从她的翎(líng)羽间向后掠过，拨动着她微微颤抖的翅膀。雌鹰心急如焚，越飞越快，当丝绵树出现在她的视野中时，她顺着气流俯冲下来，尖唳(lì)一声："桑古里！"

奇迹发生了——原本摇摇欲坠的丝绵树又重新坚挺地立在原地，就好像它从未经受过斧子的砍伐。挥汗如雨的村民们被眼前的景象惊呆了。随后只听斧头"哐当"一声砸在地上，砍树的人们在雌鹰的咒语中消失不见了。

丝绵树上又恢复了安宁，雌鹰把猎得的肉食细细地撕碎，喂给两个孩子，然后再次和他们告别："我走了，我得继续去打猎了。要是那个老妇人再图谋不轨，就让她带走你们吧。"

另一边，老妇人的孙子一直竖着耳朵关注着动向。他始终没听到丝绵树砸向地面的巨响，反而听到了村民们被雌鹰的咒语吞噬时发出的惊叫。他意识到这批人无法把雏鹰带回来了，就又向老妇人撒起娇耍起泼来。

老妇人只好再向其他的村民发令："去砍倒那棵丝绵树，把鹰巢里的雏鹰带回来给我的孙子吃。"

村民们又依命提着斧子去到丝绵树下，埋头“砰砰”地砍树。两只雏鹰在震动中不安极了，他们团在一起互相安慰，可除了战栗毫无办法。他们再次呼唤母亲：

桑戈，母亲啊！
桑戈，村民砍树，雏鹰受苦！
桑戈，母亲啊！
桑戈，觅食遥遥，快快归巢！
桑戈，母亲啊！母亲啊！

雏鹰声嘶力竭，可是母亲迟迟没有露面。雏鹰以为是他们呼唤得不够大声，于是越发费劲地号哭起来。但无论他们如何呼喊，都不曾听到雌鹰的回应。终于，丝绵树抵挡不住接二连三的重劈，“轰”地倒在了地上。

村民们捡起巢穴中的两只雏鹰，身体较强壮的雄鹰哥哥又是扇又是踢，总算是挣脱开了，他奋力张开翅膀飞了起来，为自己博得了一线生机。随后，心有余悸地停在周围的树上看着眼前的一切。但身体较弱的弟弟就没那么幸运了，他被村民们揪着翅膀，带给了老妇人。

老妇人手脚麻利地将雏鹰烤熟了，目光慈爱地把他递给小孙子，小孙子立刻把雏鹰和正在冒着热气的烤芭蕉放在了一起准备享用。

过了一会儿，雌鹰姗姗来迟，看到雏鹰哥哥一直愣愣地站在旧巢穴旁边，羽毛凌乱不堪，脸上带着泪痕。她赶忙问孩子发生了什么事，雏鹰哽咽着告诉了她一切。

一阵翻腾的怒火涌上雌鹰心头，她振翅飞往老妇人的村庄，恰好看到老妇人的孙子正在津津有味地吃着烤雏鹰。她落在老妇人身前十步远的地方，说道："老妇人，你的行为真是令人钦佩！"那声音让人不寒而栗。

雌鹰退了几步，在村子外面施起了魔法。

"桑古里！"

霎时间，所有的村民都消失不见了。她再次重复："桑古里！"所有的房子都倒塌了，所有的田地都荒芜了。随着一声声"桑古里"，这片开垦好的平地又变回了森林。雌鹰起飞，在空中抛出了最后一句"桑古里"。等话语传到老妇人耳边时，她发觉膝盖与小腿的疼痛又回来了。她蜷(quán)下身子，无助地在原地"哎哟哎哟"地呻吟起来。此刻她终于明白，恩将仇报的代价是如此沉重。

点拨

一句句"桑古里"，像是快速的时间机器，将故事送回到最初的模样，充满想象力。

这就是为什么老人们说，"如果有人善待你，你也要善待他，恩将仇报终会自食恶果"。

傻子的选择

从前，在一个宁静的村庄中住着一户勤劳的人家。这家有两个孩子，哥哥聪明机灵，眼睛里总是闪烁着精明；但弟弟却是大家眼中不折不扣的“傻子”，他的身形略显笨拙，反应也更加迟缓。聪明哥哥和傻子弟弟常常结伴外出打猎，因为只有通力协作才能收获足够的猎物，维持一家人的正常生活。

一天，兄弟俩扛着枪一起走进红树林沼泽，计划在水位下降的时候，捕获那些因水流退去而被困在树根间来不及逃脱的鱼。傻子弟弟虽然平日里反应总是慢半拍，但他胜在耳聪目明，很快就发现了目标。他稳稳地举枪，扣动扳机，“砰”的一声击中了鱼。与此同时，聪明哥哥也举枪射击，但他没能瞄准目标，鱼与枪弹擦身而过。周边的鱼听到这声巨响，受到了惊吓，纷纷迅速游走。枪弹的巨大冲击力搅浑了沼泽，现在聪明人的眼前只剩一团黄色的漩涡，什么也看不清了。聪明人随即跑到傻子边上，问道：“傻子，你有没有打中什么？”

傻子应声道：“有呀，哥哥。我虽然傻，但是也射中了一条鱼。”

聪明人眼珠一转，说："也许你确实射中了这条鱼。但是这条鱼是我先开枪射中的，只不过它侥幸没有死，游向了你的方向，在你面前力竭而亡了。所以，实际上这是我射死的鱼。听到了吗？快给我！"

接着，聪明人不由分说，一把夺过了鱼。傻子也像往常一样顺从地放了手，将这条鱼让给哥哥。他们提着鱼回到家，聪明人对他们的父亲夸耀道："父亲，你的聪明儿子今天又猎得了一条鱼，但是你的傻儿子一无所获。"

母亲清洗好鱼，刮去鱼鳞，仔细地剔除了鱼腹中的内脏，炖煮出一锅香味四溢、奶白色泽的鲜鱼汤。父亲和聪明人风卷残云地把一锅汤一扫而空，什么也没留给傻子。

又一天，聪明人和傻子照旧去上次的红树林沼泽中打猎。傻子稳稳地端着枪，估摸着鱼游动的距离，扣下了扳机。只听一声枪响，一条大鱼瞬间失去了抵抗能力。要知道，这可是傻子今天开的第一枪。这条鱼又大又沉，傻子把它拖上岸的时候连钩子都拽断了。

聪明人赶过去，迫不及待地用手抚上这条大鱼："你听到我的枪响了吧？"

傻子攥(zuàn)着鱼鳍说："没有。"

聪明人从喉咙里"哼"出一声："没有？我看这就是我射杀的鱼，你只不过运气好恰巧捡到了！"

傻子只好无奈地松手："好吧，给你吧。"

他们一同提着这条大鱼回家，交给母亲料理。母亲煮好后，聪明人和父亲如同饿虎扑食一般，大口大口地吃了起来，又一次什么也没留给傻子。

这一次，傻子深吸一口气，当着父兄的面，唱起歌来：

我日日打猎食物丰，
何时听过一声夸。
你只将猎物独自享，
还同人笑我是傻子。

聪明人又气又急，脸涨得像熟透的番茄，他抓住傻子弟弟的肩膀，使劲摇晃着，怒吼道：“你疯了吗？”

然而令人意外的是，这条鱼实在太大，父亲又吃得太着急，一根鱼骨恰巧卡在了喉咙里。父亲先是猛地咳嗽了几声，想要把鱼骨咳出来，但无济于事。他又用手抓着喉咙，试图把鱼骨弄出来，可是无论他怎么努力，鱼骨依然牢牢地卡在那里。

但是傻子不为所动，只是一个劲儿歌唱着：

聪明人，你大快朵颐，满心欢畅，
一根鱼骨卡在喉咙上；

聪明人，你智慧过人，枪无虚发，
何曾让傻子沾光？未曾！
现在或许你宁愿，
让傻子也曾上桌尝。

傻子的歌声在屋子里回荡，父亲的咳嗽声却越来越弱。傻子就这样唱着唱着，唱到医生终于擦着额头上的汗赶来了，唱到父亲因为鱼骨划破了食道感染而亡，唱到邻居们都聚集到家中操办丧事，这时候，傻子终于停下了歌唱，他对大家说：“我们的家庭抚养我们两兄弟长大，一个是大家都夸赞的聪明人，另一个是大家公认的傻子。这么多年，傻子辛苦寻找的食物，却都被他们瓜分享用。他们抢走了食物饱腹，而傻子只能忍饥挨饿。现在这一切，又该怪谁呢？”

听到傻子弟弟的这番话，邻居们也都沉默了。他们共同帮助兄弟俩料理了父亲的丧事，就各自回了家。

不过大家心里明白：傻子父亲的死，是因为没有公平地对待傻子而受到了上天公正的惩罚。这就如同谁吃了过于油腻的鱼，一定会消化不良。这个故事在村子里流传开来，人们开始反思，对待他人是否应该多一些公平和尊重，少一些偏见和自私。

思辨

你曾经思考过社会公正与公平的问题吗？我们的身边有像“傻子”这样因偏见而受到不公正待遇的人吗？

黄金的土地

有一天，埃塞俄比亚这片古老而神秘的土地上出现了两个白色面孔的探险家——这个消息如同长了翅膀一样很快从北方传到南方，传到了国王书房的案头。

国王听说有两个欧洲的学者来游历探险，觉得这是一个向世界展示埃塞俄比亚的好机会，就决定派一个忠诚可靠的向导去陪伴他们。这个向导既要能让学者们更好地了解国家，又要作为国王的眼睛，紧紧盯着学者们的行踪，不让他们窥探国家的秘密。

接下来的几年里，向导陪着两个学者由南至北四处行走。他们一行人沿着河流、山脉一路前行，脚步踏遍这个国家的每一个角落，学者们将自己走过的道路详细地画在地图上，记录下每一处所见的风土人情。在游历中，向导注意到：那个年轻学者长于矿物勘探，随身携带着一个罗盘，上面镶嵌着各种珍稀的宝石；老学者则擅长地图测绘，总是用细致的笔触画下途经的道路，他的笔记本里夹着一朵马蹄莲。

你知道吗

两位学者做的工作是地理学相关的研究和记录。

终于有一天，两个学者即将结束他们的长途旅行，准备返回他们自己的国家。陪伴他们的向导也回到了亚的斯亚贝巴，站在威严的国王面前，恭敬地汇报几年来的见闻："陛下，这两个欧洲人记下了他们看到的一切。他们记录下青尼罗河如何从塔纳湖中发源，沿着山势汹涌而下；他们探清了哪座山里埋藏有黄金，哪处土地下藏有白银；他们画下了每一条大道和小路，事无巨细地记录下了我们的乡土风情。"

国王听闻向导如此报告，心中充满好奇，就派人去请这两位

学者，希望在两位客人离开之前与他们见上一面。

两位学者欣然应允。他们沿台阶走上宫殿，鞠躬向国王问好。国王拿出最高礼节亲切地款待两位客人，送给他们珍贵的礼品，并吩咐向导好好为他们送行。在场的人都能感受到，学者们虽然表面上一派恭敬，但总在不经意间流露出轻视和鄙夷。

宫宴结束后，向导毕恭毕敬地陪两位学者回到他们来时上岸的港口。数年的相处让三人之间感情笃厚，即使此刻两位学者都满心憧憬（chōng jǐng）着回国之后他们能够凭借这次探险成为国家开疆拓土的功臣，但想到要和向导分别，离别的愁绪自然地涌上心头。

但他们没想到，向导此时并没有如他们一般沉浸在离别的伤感中，只是神色平静地请他们停下步伐，脱下鞋子给自己。听到这个奇怪的要求，两位学者面面相觑（qù），但还是顺从地弯腰脱鞋，递给向导。

向导接过鞋子，动作轻柔地从衣袋中掏出一张干净的手帕，小心翼翼地拂去鞋底沾上的每一粒泥土，直到鞋底被他擦得干干净净，他才珍重地将手帕折叠好放回兜中，将两双一尘不染的鞋子交还给学者们。两位学者对向导奇怪的举动感到莫名其妙，惊讶地问道：“你这是做什么呀？”

向导神色恭敬如常，语言平和却充满力量：“国王陛下祝二位一路顺风，并让我转达他对两位客人的临别寄语。

“两位客人自遥远而强大的国家来到埃塞俄比亚，亲眼见到这里的土地与风情。对两位客人来说，埃塞俄比亚或许只是一片富含资源的土地，你们只关注埃塞俄比亚的森林、矿藏与黄金。

“但对我们来说，这是世界上最美丽的国家，脚下的土地是我们最珍贵的黄金。这片土地养活着世世代代的埃塞俄比亚人，也埋葬着我们的祖先。我们躺在它身上休息，站在它身上播种与放牧。因此，埃塞俄比亚的土地不是自然资源，不是文字和数字，而是我们的父亲、母亲、兄弟和姐妹。几年来，我们热忱地款待你们，但所有的宴饮和礼品，都比不上我们脚下的土地。埃塞俄比亚的土地是我们最珍视的黄金，即使是一粒尘沙，我们也不能让你们带走。”

点拨

向导的行为与言语，是一场关于祖国动人的赞歌。我们对祖国的热爱也应该这样具体而微，爱护脚下的每一寸土地，珍视头顶的每一片蓝天。

说完，向导最后一次向两位学者深深地鞠了一躬。两位学者听到向导的话，默默接过鞋子，走上船。汽笛长鸣，吐出长长的烟雾，逐渐消失在海平面上。如同这位向导所说，埃塞俄比亚的人民将如同守护自己的生命一般，永远守护着这片珍贵的土地。

第十二个英雄

从前，有十二个阿基尼法斯村的人被派去马依叶台葛城采购。起初，一切都很顺利。他们顺利地抵达，卖完货物，采购所需的麦子，一桩桩事都有条不紊地完成。

但当他们扛着沉甸甸的袋子，经过一片茂密的仙人掌林时，夕阳的余晖洒在仙人掌上，给这片寂静的林地染上了一层色彩。领头的人忽然想起村长语重心长的叮嘱："你一定要照顾好大家，所有人一起平安归来，这才是最重要的事。"他心里一紧，便想要数一数人数，看看是不是所有人都从城里回来了，有没有人半途掉队。于是他转身开始清点。

"一、二、三……十、十一……十一？"他挨个数过剩下的人，突然发现只剩十一个人。他不敢置信，又数了两次，可是由于紧张，每回他都不记得加上自己。这下完了，他心想，怎么有个伙伴走丢了！他喊道："等一等！大家先别走，有一个人不见啦！"

听到这话，大家一下子炸了锅："谁不见啦？我们不是都在这儿吗？"领头的人说："你也数数吧。"第二个人挨个清点，但他也忘了数自己，惊讶地说："哎呀！真的只有十一个人，这下可怎么办呀！”

大家便开始你一言我一语地回忆，想搞明白这个可怜的人可能在哪儿掉队。“是不是渡河的时候，水流太急，他没站稳，被冲走了？”“还是在森林里，他为了给我们找水源，不小心被豹子抓走了？”

你知道吗

我们的大脑会自动篡改记忆，让它更符合我们的认知习惯，这种现象被叫作“曼德拉效应”。

大家越回忆越确定，不知是谁第一个先发出哭声，泪水随之在十二个人中蔓延开去。他们紧紧相拥，抱头痛哭了一阵，终于收拾好心情，重新上路。回村的路上，他们满心自责，一个劲儿地将同伴遭遇不幸的原因往自己身上揽。

“唉，我们真应该好好关注他的，不然也不会现在才发现！”队伍中有一个人懊恼地开口。

话音刚落，另一个人就接着说道：“是啊，我们无论如何也不应该把他一个人孤零零地扔给豹子。”

“而且还是一只那么健壮的成年豹子。”第三个人也紧接着发言。

“那只豹子应该是刚分娩完，看起来凶猛暴躁得很，见谁咬谁呢！”第四个人不知想到了什么，神色间显得后怕极了。

第五个人想了想，说：“他都没有一把趁手的武器，就这么赤手空拳也能和豹子打得有来有回，真不愧是我们阿基尼法斯村的英雄！”

“没错，他真是最勇敢的人，”第六个人立刻接话，肯定地赞叹道，“面对猛兽，我们谁都没有听见他讨过一声饶。”

第七个人忍不住掩面叹息道：“我们回去该怎么对他的家人开口呢？失去了这么强壮的勇士，这个家往后要怎么过啊！”

想到这儿，他们不禁悲从中来，一面放声大哭，一面走进了村子里。村里人见状，急忙关心地迎上前来。

“唉——我们失去了一个勇敢而高尚的伙伴，多么不幸啊！我们买完小麦面粉，从马依叶台葛城回村，竟然发生了这么可怕的事情！”领头的人泣不成声，但他仍然努力清晰地向大家宣布了这一噩耗。他绘声绘色地描绘那个失踪的伙伴是如何英勇地同豹群搏斗、如何在搏斗中壮烈地牺牲、他们几个人是如何怀着悲痛的心情赶路的，“我们的伙伴，善良的村民，就这样被凶恶的豹子给劫走了。”

人们听完故事，也为这个失踪的英雄所感动。人群涌动了起来。“唉，多好的年轻人啊！”“豹子真是可恶，这么勇敢的人也……”

正当他们热烈讨论的时候，一个扎着马尾辫的小女孩从妈妈身后探出脑袋，好奇地张望着。她用手指着地上的面粉袋子——正是这些采购的人从马依叶台葛城背回来的——一个一个数着数：“一、二、三……十一、十二。咦，这里怎么有十二个袋子？”她心里犯起了嘀咕，明明是十二袋面粉，为什么妈妈说只有十一个人呢？她扯了扯妈妈的裙摆：“妈妈，这里是十二袋面粉。”

她妈妈正和旁边的人热烈地讨论着，闻言只是随便点了点头，挥了挥手，就继续陷入闲谈中：“唉，你说，真可惜！死了这么一个好人。”

小女孩百无聊赖地站在妈妈身后，把面前的这堆面粉袋子数了又数。左看右看，这里都是十二袋面粉。于是，她用力地拽了拽妈妈：“妈妈！这里是十二袋面粉，应该回来了十二个人呀！”

她妈妈不再闲聊了，也跟着小女孩一起数了一遍袋子：“真的！这里是十二只袋子，应该有十二个人回来了！”她兴奋地提高了嗓门大喊。

村长听到这话，便开始清点从马依叶台葛城回来的人数。他仔细地数了又数，兴奋地向大家宣布："这里是十二个人，迷路的英雄回来了！"听到村长确凿的话，村民们欢呼起来，互相拥抱着，又是欢笑又是庆贺。

"我们的英雄战胜了凶猛的豹群，荣耀归来了！"大家拉着手，在十二个人身边围成一圈，跳起了舞，"英雄就在这里，英雄就在这里！"

村长接着宣布道，既然大家都在这里，那就一起举办迎接英雄归来的庆祝仪式。于是村民们放声高歌、纵情舞蹈，摆上了丰盛的筵(yán)席，在席上传唱着英雄的故事。从此，这第十二个英雄的故事就这样代代流传下来，说他们的村庄中有一位勇士，赤手空拳地打死了一群豹子，从豹口脱险，将财富带回了阿基尼法斯村，全村人都因为他的勇敢而倍感光荣。

互动

你喜欢这个"美丽的误会"吗？开动脑筋想一想，我们的文化中是否也有类似的故事呢？

两个美食家的博弈

在美食界颇有名气的两个美食家一起去拜访一位共同的朋友。他们听说这位朋友最近研制了一桌大餐，就满心期待地前来拜访，准备好好品鉴一番，给朋友提提专业的意见。

一进门，温馨的布置和弥漫在空气中的香气就让两个人垂涎(xián)三尺，食欲大振。于是，朋友热情地端出两个色泽诱人的参薯[①]，放在桌上的转盘上，招呼他们先垫垫肚子，然后就赶忙回厨房进行准备工作了。

刚出锅的参薯放在两个人面前，热腾腾地冒着气，散发出香甜的味道，飘进两个美食家的鼻子里。他们的视线根本离不开这两个参薯，像被牢牢地吸附在吸铁石上面，喉咙不自觉地滚动，垂涎欲滴。但他们都强忍着冲动，没有立刻动手，因为这两只参薯大小悬殊，就像两颗随时会被引爆的“炸弹”，一场激烈的参薯“争夺战”在所难免。

面前放着小参薯的美食家灵机一动，计上心来。他装出艺术鉴赏家的派头，对这两个盛放着参薯的餐盘赞不绝

①非洲的一种藤本植物，块茎像红薯一样可食用。

口。他一边用手轻轻抚摸着餐盘的边缘，一边感情饱满地抒发评论。“哦，我的朋友！”他说，“你仔细看看这个木质餐盘，它们上面的雕花是多么精美啊，匠人肯定有着高超的技艺和才能，再加上长时间的打磨，才能制作出这样精美的餐盘，恰巧呈现在我俩眼前。”他看似不经意地抚摸，实则手上加力，拨动转盘。

眼见着转盘缓缓挪动，另一位美食家也立刻警觉起来。他装出一副正在欣赏的样子，眼疾手快地一下按住转盘，直到把转盘调整回一个有利于自己的角度，他才施施然开口道：“朋友，你说得太对了！我也觉得这里的雕花真是精美绝伦，不过，你可以在这个角度上看看这个盘子开口的大小与深度的黄金比例。”说着，他手上一加劲儿，把大的参薯稳稳地转到自己面前。

于是，两个美食家就这样煞有介事地装作品鉴雕花的木质餐盘，可心思全在两个参薯上。原本热气腾腾的参薯就这样在转动的气流中逐渐失去了温度，渐渐凉了下来。可讽刺的是，两个“大艺术家”却仍然热火朝天地谈论着面前的盘子。

眼见着僵持不下，第一个发言的“艺术家”心生一计，对伙伴说道：“朋友，除了正面，这个盘子的底部也很值得一赏！”

于是他把盘子举过头顶，以便两人看清楚盘子底部构造的细微之处。在朋友的视线盲区，他把手从上面伸进盘子里准备拿走更大的那只参薯。不料他的朋友也有同样的想法，两只手在大参薯上意外地相遇了。

他心下惊讶之余，赶忙先发制人问道：“怎么回事？我的朋友，你这是要做什么呀？我们正一起好好欣赏这只餐盘呢，你怎么能伸手夺走大参薯？”他的朋友冷哼一声，反驳道：“你还好意思说我，你不也一样？机会总是留给有准备的人！”两人的脸因为愤怒和激动涨得通红，眼睛里仿佛要喷出火来，气氛剑拔弩(nǔ)张。

他决定不再伪装，直截了当地挑明了双方的小心思，说道：“朋友，咱们还是打开天窗说亮话吧！说到底，什么艺术鉴赏都不过是巧立名目罢了，我们根本没人在乎盘子上的雕花，我们的目标都只是那个更大的参薯。现在我问你，如果你是我，你会怎么做？”

他的朋友对此毫不设防，顺口就回答：“咱俩谁跟谁呀，我当然会把大的参薯留给你，自己拿小的了。”

于是，第一位说话的美食家扬扬得意道：“没错，我早就知道你会这么说，才要把小的留给你呀！”说着，他伸手拿走了大参薯。

他的朋友哑口无言，只好认命地品尝小参薯。

煮熟的珍珠鸡飞了

很久很久以前，在一个宁静而偏远的小山村里，生活着一个勤劳的男人。为了改善家里的生活，他在劳作之余还时常去山林里打猎。一天，他像以往一样设下一个捕鸟的陷阱，并在周边布下绳索，随后就准备去做别的事。但他心里又惦记着地里的农活，便温柔地交代女儿："我要去犁地了，你好好看着我的陷阱，如果有鸟来了就来通知我。"女儿乖巧地点头。

过了一会儿，女孩沿着布置陷阱的绳索蹦蹦跳跳，来到陷阱面前，发现绳子的尽头拴着一只漂亮的珍珠鸡。珍珠鸡的羽毛五彩斑斓，在阳光下闪烁着迷人的光芒，女孩一下子被吸引住了。

见到有人来，珍珠鸡乌黑的小眼睛滴溜溜一转，清脆地唱道："小女孩，我问你，你为什么来这里？"

女孩认真地回答："我来看着这根绳索。"珍珠鸡扯了扯套在身上的绳子，焦急地问女孩："那么，这是谁的绳索？是谁让你来看守的？"女孩如实回答，是父亲让自己来的。珍珠鸡听了，心中闪过一丝希望，对女孩说："请你回去告诉你的父亲，如果他愿意放了我，我会给他一只白鸡、一头白绵羊和一颗白珍珠作为报酬。”

女孩蹦蹦哒哒地跑回去，将珍珠鸡的话转告父亲。不料父亲听完便斥责道：“这怎么可能！谁让你来骗我的？！你这个坏孩子。”听到父亲的责备，女孩伤心地离开了。男人又让他的儿子去看守陷阱。

小男孩哼着歌来到陷阱边，也很快就发现了珍珠鸡。珍珠鸡故技重施，对他歌唱道：“小男孩，我问你，你为什么来这里？”

小男孩挠了挠头，回答说：“我来看着我父亲的绳索。”珍珠鸡同样对小男孩许诺道：“去告诉你的父亲，如果他放了我，我会给他一只白鸡、一头白绵羊和一颗白珍珠。”

男孩一听，双眼放光，觉得这件事也太神奇了。他赶忙跑回来，将同样的话告诉了父亲，父亲不耐烦地挥挥手，把他赶走，改让妻子来看守陷阱。过了一会儿，妻子也发现了珍珠鸡，回来后对他说了同样的话。

男人顿时火冒三丈：“我倒要看看这只鸡到底在搞什么鬼！”他撸起袖子，双手握拳，大步流星地朝着陷阱走去。珍珠鸡被男人死死抓在手里时，又唱起同样的歌，对男人也许下了同样的承诺，可是男人根本不理会。珍珠鸡见多说无益，无奈地叹了口气，悻悻地说：“虽然你抓住了我，但今晚我也会在此抓住属于我的东西。”说完，它便紧紧闭上了嘴。

男人将珍珠鸡带回家，劈了木材生火烧水，准备给这只珍珠鸡拔毛。灶台上刚开始发出“咕噜咕噜”水煮沸的轻微声响，珍珠鸡又开口对他说："虽然你拔了我的毛，但今晚我会在此拔了属于我的毛。"说完，它便把头扭向一侧，不再挣扎了。

不多时，灶上锅热水沸，男人揭开锅盖，把珍珠鸡放了进去。珍珠鸡奋力喊着："虽然你煮了我，但今晚我会在此煮属于我的食物。"男人盖上锅盖，加大火势，满心期待着即将出锅的美味。

汤"咕嘟咕嘟"地沸腾了很久，空气中飘来香味。男人召集族人们一起分享这只珍珠鸡，他们兴高采烈地揭开锅盖，满心欢喜地期待着享用美味。不料，盖子一揭开，珍珠鸡就飞快地扇动翅膀扑了出来，在热气腾腾的水汽中，它像一只涅槃（niè pán）的凤凰般腾空而起！珍珠鸡在空中盘旋了一圈，发出一声清脆的鸣叫，然后迅速飞离了人们的视野，只留下满屋子的惊叹声和锅中残余的香气。

过了好一会儿，男人懊悔地拍了拍自己的脑袋，他终于明白，因为自己的一意孤行，错过了珍珠鸡给出的丰厚报酬，煮熟的珍珠鸡就这样飞走了。如果男人当初接受珍珠鸡的交换条件，说不定现在他不仅能拥有白鸡、白绵羊和白珍珠，也同样能和族人们一起享受一顿丰盛的大餐呢。

阅读思辨

如果男人相信珍珠鸡的话，他真的能得到这些东西吗？

被献祭的爱人

在古老的非洲大地上，曾有一段可怕的日子——一连好几个月都骄阳似火、万里无云，毒辣的阳光像亿万根针，毫不留情地刺向大地，庄稼在高温下失去生机，纷纷枯死。人们在大地上四处奔波，寻觅食物和水源，却一个接一个地倒下。

恐慌在人群之中蔓延，人们满脸绝望，一遍又一遍互相询问着："为什么雨还不下？究竟为什么不下雨啊？"人们害怕是他们的行为触怒了神明，忐忑地找巫师询问："尊敬的巫师，请您告诉我们为什么天不下雨，什么庄稼都种不活，我们都快要饿死了。求求您救救我们吧！"

巫师坐在昏暗的茅屋中，神秘地摩挲(suō)着他手中的葫芦，眉头紧锁。他沉吟良久，猛地睁开眼，开口道："想要上天重新降雨，必须献上一个叫万基鲁的女孩。后天这个时候，你们所有人都要一起回来。每人牵一只山羊作为祭品，并将少女献给神明，方能

点拨

以前的人们对自然的认识有限，像这样的"献祭"事件，在各类文明历史中都曾出现过。思考这篇故事与中国民间故事中的"河伯娶妻"有何异同。

平息神明的怒火。”

这个回答在人群中顿时炸开了锅。大家沉默地交换着眼神，只有万基鲁的亲人们悲痛欲绝地呼天抢地，他们无法接受，自己的亲人将要成为这场灾难的牺牲品。但是天灾的威胁摆在所有人面前，沉默不语的巫师又给了他们心理压力，他们的声音渐渐微弱下去，默默接受了这个残酷的决议。

到了第三天，所有人都带着仅剩的山羊，聚集在巫师家门口的空地上。炎热的天空下，大家各怀心思地站成一圈，将万基鲁围在中间，靠近万基鲁的地方站着舍不得她的亲人朋友们。

当最后一个人牵着羊赶到时，大地忽然动摇，万基鲁站立的地方开始下陷。她的脚逐渐陷进了地里，接着是小腿、膝盖。她悲泣着发出哀叹：“我要消失了，再见，我的亲人们！”两行眼泪从她的眼眶中流下，流经她的面庞，消失在土地里。这是这片土地三年来吸收到的第一滴“甘霖”。

她的父母看着她逐渐陷入大地，悲痛欲绝，放声大哭：“我可怜的女儿要消失了，我们还如何活在这个世上，我们也要消失了！”

那些站在旁边祈雨的人们虽然于心不忍，但出于对雨水的渴望和对巫师命令的服从，纷纷把手中牵着的山羊交给了万基鲁的父母。她的父母接过山羊，呼喊声逐渐低落了下去。

万基鲁继续下陷，她的腰部也陷入了地下，但天空中没有飘来一朵乌云。她抬头对着天叹息道："我要消失了，愿神明降雨吧！"

但天上没有下雨。她越陷越深，很快也不再挣扎了。她的族人们关心地向前走去，试图拯救陷在地里的万基鲁，但外围的人不断涌来，一个接一个递山羊，现场水泄不通。族人们只能无能为力地摇着头。

万基鲁越陷越深，她的胸口、脖子渐次陷入地里。最后，她绝望地留下最后一句话："我要消失了，天上会降雨，雨会下得很大。我的族人毁了我。"话音刚落，她的唇舌口鼻都没入了干涩的土地，明亮的眼睛和乌黑浓密的头发也尽数消失。围观的人们纷纷朝前挤来，在他们的脸上，呼之欲出的喜悦和内心的挣扎交织在一起，然后汇聚成别无二致的期待。

终于，万基鲁完全陷入了地下。就在土地吞没她的最后一缕头发的瞬间，天上的乌云迅速汇聚，立刻下起了瓢泼大雨。雨越下越大，大家无处避雨，只好各自回家了。

过了几天，一位一直爱慕万基鲁的勇士听闻噩耗，日夜兼程地从远方赶来。他四处打听，终于从人们的口中拼凑出万基鲁消失的真相。得知心爱之人遭遇如此厄运，他坐在万基鲁家门外的灌木丛下，沉思着："她去哪儿了呢？我也要去同样的地方，即使是上天入地，我也绝不退缩。"

于是，他擦拭了他的长矛，打磨了他的盾牌，终于在一个日落之际找到了万基鲁消失的位置。他静静地站在那里，闭上眼仔细感受——干燥的气息顺着鼻腔抵达他的肺腑，风吹拂过他的身体，带走他皮肤上的水分，脚下的土地经过太阳一天的炙烤变得滚烫。周围的人声、风声、水声都渐渐模糊了，他只听到自己的心一下又一下有力地跳动着，逐渐与这片大地的声音共振。

渐渐地，他的双脚感受到一丝轻微的震颤，他也开始像万基鲁一样陷入土地中了。他不敢睁开眼，生怕打断了这神奇的进程。很快，他的膝盖、腰身、胸膛都被泥土淹没了，他已经感受到来自土地温热的压迫挤到了他的下巴。

泥土马上就要没过他的鼻子了，虽然他那么想找到万基鲁，但面对即将在土里憋死的危险时，他仍然感到深深的恐惧。他犹豫着，是不是趁还来得及就此放弃。但他忍不住想着：我是自己选择来到这里的，今天天也晴风也清，万基鲁消失的当天，肯定不会像我现在一样这么温和而惬意，她的亲人将她献祭的时候，她得有多伤心啊。要是我能在她身边抚慰她，永远同她在一起，那么叫我做什么我也愿意。

思辨

你如何看待勇士的犹豫？如果是你，你会做什么样的选择呢？

当泥土将他完全吞没的时候，他并没有感觉到任何不适，反而像是进入了另一个宁静的世界。他在幽深的地下醒来，周围一片漆黑。他眯起眼睛，努力适应黑暗的环境，摸索着向面前的地下通道走去。他走过这条长长的、似乎永远没有终点的通道，心中总是牵挂着万基鲁，想着再往前走走，也许就能找到她了。当他终于走完这条万基鲁也曾走过的长路，便在终点见到了那个日思夜想的熟悉身影。

尽管地下光线幽暗，但他一见到这轮廓，便能迅速地分辨出来。他激动得落下泪来：“万基鲁，我来了！你被献祭以换来雨水，现在雨水来了，我来带你回去。”万基鲁说不出话，只是一个劲儿点头。

于是，勇士将万基鲁背在背上，就像年幼时他经常做的那样。他们一起沿着来时的那条又黑暗又狭窄的长路，回到了地面上。这一次，因为这两颗心在一起跳动，他们不再恐惧，不再孤单。

丰收的代价

从前，有一位勤恳善良的农民，他的祖祖辈辈一直在村庄里安居乐业。这个村庄的土地虽然不是顶顶丰饶，但也足够供养居于此地的人们。因为这里的生活总是安定祥和，所以村庄中家家夜不闭户、路不拾遗，人们都和睦友善、安分守己。这个老实人还以为，日子能一直稳定幸福地过下去。

可是好景不长，安宁幸福的日子被一场突如其来的饥荒打破了。骄阳如火，无情地炙烤着大地，偶尔飘来的一阵薄云也总是飞也似地逃走。往日赖以谋生的肥沃土地干裂荒芜了，一道道裂纹就像大地干渴的嘴，诉说着时日的艰难。

这个老实人发现，今年再也无法依靠亲爱的土地养活人口众多的家庭了，便决心要和妻子儿女一起寻找一个气候适宜、环境优越、能使他们丰衣足食的国家生活。于是，他收拾好家当，拖家带口地上路了。

每每在路上碰到一个过路人，他便要开口问，附近是否有一个物产丰饶、粮食满仓的国家，但总是无法得到肯定的回答。有一天，他们在路上碰到了几个农民，他们结实有力、外表干净，一看就是过着自足的生活，于是他照常问出这个问题。原本不抱希望的他这次却得到了明确的回答:“是的，我知道有这样的国家。朝你的东边走五千步，有一个粮食极其丰富、土地极其肥沃的国家，但这个国家的司法系统腐败不堪，法官断案随心所欲，整个国家到处都是混乱和不法行为。向你的西南方走五千步，就进入了另一个国家的领土。这个国家经济并不特别富强，但人民大多对自己当前的生活感到满足，法律和正义在这个国家中占据上风，法官断案公正严明。这两个国家都符合你的要求，你可以自己选择。”

这个人听完过路人的介绍，心中寻思：我是个不折不扣的穷人，我没有土地、没有牲口、没有家产，我还有什么可失去的呢？我只是一个本本分分种地的农民，只用双手来养活自己，我又一向与人为善，从不同人发生什么口角，法官公正也好，不公正也罢，又同我有什么关系呢？我还是去东边这个土地肥沃的国家吧，我可不能再让妻儿过吃了上顿没下顿的日子了！

于是，他简单地将自己的想法告诉了妻子，就毅然决然地动身前往东边这个粮食遍地却没有公正的国家。他们勤劳善良，天天起早摸黑地干活，很快在这里建起了自己的家园，过上了安稳的日子。

有一天，一个邻居来他家做客，进门见到他们家简朴但是温馨的家居布置，看到孩子们承欢膝下，问道：“你家里这么多人，都是什么人呀？”

男人回答说：“这是我的妻子和我的孩子们。”

邻居听完很惊讶：“这么多孩子都是你的？你有这么多孩子，我却还是一个单身汉。我不同意，你把你的妻子给我，让她也给我生个孩子。”

男人一听就暴跳如雷：“你说什么，把妻子给你？！这怎么能行呢。再说了，我的妻子也是活生生的人，怎么能被当作物件一样给你呢？不行，绝对不行！”

两个人就这样吵得不可开交。末了，邻居狠狠地撂(liào)下一句话：“哼！你不肯把妻子给我，我们就到法官那里去见分晓。”

男人也咽不下这口气，

不甘示弱道："哼，到法官那里去就到法官那里去！到法官大人面前，我们好好看看是谁有理。"他心想着，即使这个国家的法官不公正，他也不能让我把自己的妻子让给别人吧！于是他们就一起去法官面前，准备辩个明白。

他们一起来到法官面前，还没等站稳，邻居就连珠炮

似的开口了：“法官老爷，请您明鉴！这个人已经从别的地方来我们国家好几个月了，因为他家住着很多人，我就照例问他这些都是谁，他说是他的妻儿。他有这么多孩子，我却仍是一个单身汉。于是我请他把妻子给我，让我也能有妻子和孩子。他不仅不肯，还同我大吵起来。哼！我算是看明白了，他就是一个自私爱妒忌的人，看不得别人过得好。于是我就上您这儿来寻求帮助了，我想您是一个顶顶公正的法官大人，听到这种事，肯定也会支持我，让他把妻子给我的。”

法官听到他的恭维，顿时眉开眼笑，不假思索地断道：“你说得很好，就应该照你说的办。”然后不满地转头，对着男人斥责道：“喂，你这个新来的人，你听着！我不管你从哪里来，既然你来我们国家，就要遵守我们国家的法律和风俗。既然你的孩子多得房子里都装不下，而你的邻居却形单影只地待在家里，他只要你的妻子给他生一个孩子你都不肯，你真是自私透了！你快点把妻子给他，不然就别怪我处罚你。”

这人听完法官的判决，心中又气又急。强撑着一口气回到家，就眼前一黑，悲愤地昏了过去。他这一病就是一整个星期。星期日，他的邻居们来探望他，见他躺在床上病恹(yān)恹的样子，便不避讳地当着他的面商量道：“他

这病看起来一时半会儿是不会好啦。不如我们干脆就把他放到担架上，抬出去埋了吧。要不然过几天他死在工作日了可怎么办，我们那时候正在国王的土地上干活，可没人能管得了他呢。”

围观的人纷纷附和起来：“说得对呀，还是你想得周到。”

于是他们走进男人的房间，对他宣布道：“今天是休息日，我们有空举办你的葬礼。”

男人挣扎着从床上直起身：“咳咳……这是什么话呀！我分明还没有死呢，你们却要埋葬我，这是什么话呀！”

他们似乎毫不在意男人的抗议，草草敷衍道：“你已经躺了整整一个星期了，要是现在不埋了你，过几天要是你死在工作日，难道要我们停下在国王土地上的工作来料理你？不行！现在我们就要把你埋了，你要是不愿意，那我们就去公正的法官那里评评理！”

男人想到上次去找法官的经历，几欲呕血，感觉顿时喘不上气。可无论他如何表示拒绝，邻居们都好似没有听见一样，用强力把他从床上拖起来，拉到法官面前。

到了法官那儿，邻居们说：“法官老爷，请您明鉴！这个人从别的地方来到我们国家，礼拜一在家里病倒了，整整一个礼拜都没有康复。我们每天都害怕他会突然死去，使我们不得不中断在尊敬的国王的土地上劳作，赶去料理他的后事。感谢上帝的仁慈，他总算拖到了礼拜天。我们今天聚在一起，就是决定要趁休息日把他安葬了，以免耽误下周的劳作。可他说什么也不肯，因此，我们就到您这儿来，想要得到您公正的判决！”

法官看到男人，很快想起这就是上周不肯交出妻子的那个男人。他厌恶地皱了皱眉，说：“这个外乡人不就是之前拒绝把妻子交出来的人吗？又过去了这么久，他怎么还不懂得尊重法律和风俗？生病了，躺了一个礼拜不说，还不肯让你们埋掉。难道他非要拖到工作日，耽误你们在尊敬的国王的土地上的劳作吗？这个自私爱妒忌的人，真是不识大体！不要管他，你们这就去把他埋葬了吧！”

人们七嘴八舌地对法官的公正判决表示感谢，接着就去处理男人的后事了。

思辨

法律、公正看似与普通人无关，实则关系着社会中每一个人的生活。结合你生活中的观察，和长辈、朋友讨论一下，究竟什么是公正呢？或许每个人心中都会有不同的答案。

“间谍”野牛姑娘

在一个宁静的小山村里，有一个猎人家庭迎来了新生命的降临。年轻的父母满怀期待，希望孩子能健康快乐地成长，但他们很快发现，这个孩子生而不凡，因为他出生两个小时就喊出了“爸爸”“妈妈”，两天后就能跌跌撞撞地在地上走路了。一周过去，他更像被施了魔法，稳稳地端起了父亲那套沉重的弓箭，熟练得仿佛那是他与生俱来的武器。

父母对他成长的速度十分吃惊，整天围着他转，生怕孩子是得了什么怪病。但这个孩子面色红润，精神饱满，丝毫没有生病的迹象。邻居们刚开始也对孩子的异常惊讶不已，但日子久了也就习惯了。大家发现，这个孩子简直是个天生的猎人。他第一次走进密林，就猎杀了几只野鸡，第三次举起弓箭，就射死了一头野牛。考虑到他与众不同的成长速度，这天才般的捕猎成就，似乎也就显得理所应当了。

这个孩子就这样勤勤恳恳地狩猎，杀死了很多野兽，成为方圆百里中枪法最准的猎人。他声名远扬，提起“猎人”，大家就知道是指他。猎人狩猎技巧高超，无论小动物还是大型猛兽都不在话下，但他最常捕获的猎物还是野牛。

野牛们很快发现自己的伙伴数量锐减，族群面临着巨大的危机，大家开会商量对策。会议上，野牛们唉声叹气、神色凝重。许久，终于有一只勇敢的母野牛挺身而出，目光坚定地说：“我愿意变成一位漂亮的姑娘，潜伏到猎人身边，探听他的秘密。”

这只母野牛摇身一变，成了一个皮肤柔软细腻、头发乌黑浓密、身材高挑修长的姑娘。她来到猎人家，自称是从远方来，听说猎人打猎赫赫有名，十分敬仰，希望能有幸成为他的妻子。

猎人当天正在田间辛苦劳作，一听到这消息，就把镰刀往田垄上“咣当”一掷，锄头也随手丢在一旁，三步并作两步跑回家去了。这还是猎人第一次听说有年轻女孩仰慕自己，心中兴奋不已。路过一条小溪时，他猛然意识到自己的身上沾满了泥土，狼狈不堪，他迅速脱掉自己的衣服，用力地搓洗，把自己收拾得干干净净。他回到家，见到美丽的野牛姑娘，欢喜得不得了，当即答应了她的请求。

野牛姑娘深知时间紧迫，因为她变身的魔法会在次日太阳升起的瞬间失效。于是她当晚就依偎在猎人身旁，温柔倾诉自己是如何听闻他的英勇，又是何等仰慕他。然后她带着钦慕的语气，问道：“亲爱的，你是怎么成为这么了不起的猎人的？在我的家乡，优秀的猎人就总是会受到野兽的报复……唉！”

猎人微微一笑，自信地回答道：“说来简单，我有秘密的咒语。一旦有愤怒的野兽朝我追击过来，我只要一念咒语，就可以变形逃脱。”

野牛姑娘眼睛一亮，她紧紧盯着猎人，满脸好奇地央

求道：“还有这么神奇的咒语！那你都能变成什么呀？求求你了，快给我说说吧，我可太想知道了！”

“那我举个例子好了。如果惹怒了一群危险的野牛，那我就可以变成一缕清风飘到空中，任谁也不能找到我。”

“如果……我是说如果，他们知道你变成清风了呢？”

“那我还可以变成树下的一堆落叶，也很隐蔽。”

“那你还能变成其他东西吗？”

“当然咯！我还可以变成一个不起眼的蚁丘。”

野牛姑娘就这样一个劲儿追问猎人，她崇拜地望着猎人，眼睛里满是深情，仿佛天上的群星落进了她眼中。她专注的神情让猎人沉浸在一种前所未有的成就感中，猎人情不自禁地把自己的各种能力都告诉了她。

正当猎人准备说出自己最后的保命技能时，母亲突然敲响了他的房门：“够了，这么晚了还不睡！快闭嘴吧，老婆才娶来一天，你怎么就把自己的身家性命全都说出来了？”

猎人听到母亲的话，心里一惊。但是此刻，最后的保命底牌——一种蝌蚪的名字“泰莫列别列别”已经到了嘴边。“泰莫”两个音节已经滑出了他的唇齿，既然被母亲打断，他又觉得母亲的话颇有道理，便赶紧闭上了嘴。他对野牛姑娘说，泰莫就是最后一种东西的全名。

野牛姑娘知道自己的法术即将失效，任务也基本完成，便打算脱身离开。她故作镇定地对猎人说：“亲爱的，我去后院有点事，马上回来。”一到后院，她就迅速化成原形离开，迫不及待地回到野牛群，一五一十地把探听到的消息告诉同伴们。猎人在屋子里等了很久也不见她回来，便出门寻找，可是哪里也找不到他的新婚妻子。

第二天，尽管心里仍然牵挂着妻子的去向，但为了一家人的生计，他只好提上猎枪进入森林。一进入森林，就看到不远处一群愤怒的野牛正不安地刨着地等着他。他们飞速地一拥而上，把猎人团团围住。猎人照常变作一阵微风准备脱身，没想到牛群中的一头母牛却指着微微摇动的灌木树叶喊道：“他说他会变成风，他就在这里，抓住他！”

猎人顿时明白自己上当了。他念着不同的咒语，从清风变成落叶又变成了蚁丘，他绝望地尝试了每一句咒语，可那只母牛记住了他的每一个秘密。牛群就在他身后紧追不舍，危险正在逼近。

最后他只好一头扎进溪水里，

使出了最后的保命符，变成了名为“泰莫列别列别”的蝌蚪。野牛们追着他的身影也来到溪边，但是左看右看都不见身影。母牛没有从他这里听到完整的名字，只能不住地对野牛们重复她最后听到的词语：“泰莫，泰莫……”于是，野牛们焦急地把小溪边翻了个底朝天。他们先用蹄子仔细地刨开溪边的沙地，一无所获；又折下了溪边的灌木，什么也没有发现；他们大步踏进小溪，翻找溪流底部的石头，惊醒了几只在休息的小蟹，除此之外什么都没有找到。他们甚至捞起了溪里的鱼，捉住了停在苇草上的蜻蜓，可是哪里也找不到叫作“泰莫”的东西。

野牛们不甘心地又停留了一会儿，期待着猎人能再次出现。不久，他们遗憾地意识到，这次没法抓住猎人了，只好拖着沉重的脚步沮丧地离开了。猎人又在水中待了一会儿，确认野牛们都走远了才变回原形从水里钻出来。他回到家，将刚才的经历告诉了母亲，说：“要不是您昨晚拦着我说，我今天就没命了！”

从此，猎人再也不随意泄露他的秘密了，他的部落也从此传唱：“最危险的陷阱是用舌头挖的。”

思辨

你认为最危险的陷阱是什么呢？中国有句古话叫“言多必失”，语言既是我们表达思想和情感的工具，也是引发矛盾与斗争的火药，不妨和身边的朋友讨论一下语言都有哪些好处和坏处呢。

盘子、鞭子与调皮的孩子

从前，蜘蛛安耐西、妻子阿索，同他们的孩子恩提库玛、恩伊万孔弗维、阿弗多特维和提孔奥科诺，一起挤在一座狭小的房子里生活。家里人口众多，日子过得捉襟见肘，孩子们每天都饿得嗷嗷大哭，安耐西只好一趟又一趟穿梭在森林里，辛苦地挖掘野番薯，让一家人堪堪果腹。

这一天，安耐西照常进入森林，阳光透过树梢，洒下斑驳的光影。但今天他在他采番薯的秘密基地发现了一只精美的盘子。昨天来的时候，他还没见到这只盘子——会是谁把它放在这里的呢？安耐西绕着这只盘子左看右看，察觉不出任何端倪。他小心翼翼地捧起这只盘子，在阳光下，盘子上精美的花纹折射出迷人的光芒。安耐西情不自禁地感慨道："这真是一只美丽的盘子。"

没想到这个盘子突然开口说话了，它愤怒地尖叫道："我的名字不叫'美丽'！"

安耐西被吓了一跳，差点把手里的盘子扔出去，但他仍然很有礼貌地问手中的盘子："请问你的名字叫什么？"

盘子似乎还在为刚才的称呼生气，瓮声瓮气地回答："我叫'装点东西吃'。"

安耐西笑了，半信半疑地说：“那你装点东西让我瞧瞧！”话音刚落，奇迹就发生了——盘子里出现了满满的花生汤。安耐西端起盘子仰起头一口气喝完了，他舔了舔嘴：“真好喝！装点东西吃，你有什么讨厌的东西吗？”

盘子回答说：“我讨厌弹弓和小葫芦瓢。只要他们一靠近，我的魔力就会消失。”

安耐西对盘子承诺：“请跟我回家吧，我会好好保护你，保证你的身边不会出现这两样东西。”就这样，安耐西把盘子带回家藏在房顶，又回到丛林觅食。

他带回了和往常一样多的番薯，对妻子阿索说：“我已经老了，吃再多也没什么用。如果你们吃饱了，我听不到你们的哀叹，我的耳根也就清净了。现在，我要去房顶修理那些掉落的瓦片了。”

当家人们正在享用食物的时候，安耐西爬上房顶，坐在盘子旁边，故意大声说：“瞧瞧这个美丽的盘子！”

盘子抗议道：“我可不叫‘美丽’！”

安耐西笑了，说：“装点东西吃，装点什么东西让我瞧瞧！”于是，满满的花生汤又出现了，安耐西端起盘子一饮而尽，原本咕咕叫的肚子也安静了下来。

从这以后，安耐西每天都借口要维修房顶，把食物留给妻子和孩子们，自己溜到房顶喝花生汤。他的孩子恩提库玛敏锐地察觉到了异样，父亲最近没有和他们一起吃饭，却依然每天精力充沛，丝毫不见消瘦。他想，父亲肯定有什么秘密瞒着我们，就准备爬上房顶看看父亲究竟在搞什

么名堂。

这天,恩提库玛趁家人不注意,偷偷爬上房顶。一上去,他就看到一个闪闪发亮的盘子。他惊叫出声:“这里有一个美丽的盘子!”

盘子听到一个并不熟悉的声音。他还没来得及辨别,就捕捉到他不喜欢听到的关键词,立刻条件反射道:“我的名字不叫‘美丽’!”

恩提库玛追问道:“那么,你叫什么名字?”

盘子回答说:“我叫‘装点东西吃’。”

恩提库玛饶有兴致地说:“那

么，装点什么东西给我吃吧。”于是，盘子里出现了满满一盘花生汤。他张大了嘴，发出惊呼。他愉快地喝完了汤，用手背抹了抹嘴，满足地问盘子：“你有什么禁忌吗？”盘子不假思索地回答：“我讨厌弹弓和小葫芦瓢，它们一靠近我，我的魔力就会消失。”

恩提库玛眼珠一转，心中生出一个调皮的坏主意。他飞快地从屋顶爬下，从屋子里找出这两样东西，跑到房顶上用它们挨个碰了碰盘子，然后愉快地捂着嘴从屋顶上溜下来，嬉笑的样子如同一只偷腥的小猫。

点拨

大人和小孩听到禁忌的反应如此不同又合情合理，我们讲故事写文章的时候，也要注意这点。

不一会儿，安耐西就像往常一样带着番薯从丛林里回来了。妻子阿索招呼他来吃饭，他依然推辞说：“你们吃吧，我不饿。”

说完，他就爬上房顶。他一边爬，一边迫不及待地说：“瞧，这真是一个美丽的盘子。”可是回应他的只有一片寂静。他又重复了一遍：“瞧，这真是一个美丽的盘子。”依然只有一片沉默。安耐西想，肯定是因为盖着他的这块布太过普通，就回房间拿来一块图案繁复、色彩鲜艳的布。可是盘子依然安静无声。

一阵绝望涌上安耐西的心头，他四处张望，看到了散落在地的弹弓和小葫芦瓢，他心里“咯噔”一下，肯定是恩提库玛干的好事！他感到有些饿了，但是神奇的盘子拒绝为他提供食物，他只好回到丛林中，希望能找到点别的食物来填饱肚子。

在丛林里，安耐西一边走一边寻找。忽然，他看到路边的树杈上随意地悬挂着一根鞭子。那根鞭子在日光下散发出神秘的光泽，看上去似乎很为自己慑(shè)人的外观骄傲。

安耐西感叹道：“天啊，这根鞭子多美丽啊！”

这根鞭子不耐烦地发出呼呼声，说：“我的名字不叫‘美丽’！”

安耐西听到这话不免一愣，心头涌上熟悉的感觉。他礼貌地问鞭子：“那么，请问你的名字叫什么？”

鞭子骄傲地回答说：“我的名字叫‘甩扬鞭’。”

安耐西越发觉得有趣，他笑道：“那你甩几下让我瞧瞧。”话音刚落，鞭子就像被点燃的火药桶一样，毫不客气地甩动了起来，发出“嗖嗖”的声音，狠狠地抽在安耐西身上。安耐西疼得哇哇大叫：“哎呀，哎呀！别打了，别打了！”可是鞭子根本不听他的话，丝毫不手软。

这时，树上停着的一只鸟突然开口对安耐西说：“你要说‘现在，冷静下来’。”

安耐西来不及多想，就跟着重复道：“现在，冷静下来。”果然，鞭子慢慢停下动作，不再抽打他了。安耐西想，也许这根鞭子能帮我教训一下捣蛋的恩提库玛。于是他带着鞭子回到家，把鞭子也放在房顶，等着恩提库玛上钩。

恩提库玛在房间里玩耍时，眼角的余光瞥到父亲又带着一个东西上了房顶。他心中充满好奇，趁家人们都在各自忙碌时，他又蹑手蹑脚地溜上房顶。

一登上房顶，他就发现了安耐西故意留下的鞭子。他也立刻被这条鞭子的外表迷住了，赞叹说："这真是一根美丽的鞭子！"

鞭子愤怒地发出呼呼声："我的名字不叫'美丽'！"

恩提库玛听到鞭子也开口说话了，更觉得有趣极了。他也像上次一样问道："那么，你叫什么名字？"

鞭子回答："我叫'甩扬鞭'。"

恩提库玛发出快活的欢笑声，边笑边说："那你甩几下让我瞧瞧。"于是鞭子"嗖嗖"地抽打在他身上，打得他身上火辣辣的疼。恩提库玛一边躲闪，一边连连求饶，可是鞭子丝毫没有停下的意思，继续疯狂地抽打着他。

等安耐西缓缓爬上屋顶，恩提库玛已经疼得快要支撑不住了。看着眼前狼狈不堪的儿子，他心中也免不了一阵心疼，但安耐西仍然板着脸，语重心长地问："现在你知道错了吗？"恩提库玛哭得一把鼻涕一把眼泪，连连点头："我知道错了，爸爸！我知道错了！"安耐西这才对鞭子说："现在，冷静下来。"

鞭子渐渐停止甩动。恩提库玛垂下头，不敢直视安耐西，他羞愧地说："对不起爸爸，我真的知道错了，我以后再也不会这样调皮捣蛋了。"

安耐西看着儿子，叹了口气，捡起这根神奇的鞭子，将它割成了碎片，抛向四处。

任务

试着照文章的套路，续写一个故事吧，比比看大家谁写得更有趣。